「食《しょく》」の図書館《としょかん》

海藻《かいそう》の歴史《れきし》

●

2018年1月20日　第1刷

著者……………カオリ・オコナー
訳者……………龍《りゅう》 和子《かずこ》
装幀……………佐々木正見
発行者……………成瀬雅人
発行所……………株式会社原書房
〒160-0022 東京都新宿区新宿 1-25-13
電話・代表 03(3354)0685
振替・00150-6-151594
http://www.harashobo.co.jp
印刷……………新灯印刷株式会社
製本……………東京美術紙工協業組合

ISBN 978-4-562-05413-8, Printed in Japan

カクテルの歴史 《「食」の図書館》

ジョセフ・M・カーリン著　甲斐理恵子訳

氷やソーダ水の普及を受けて19世紀初頭にアメリカで生まれ、今では世界中で愛されているカクテル。原形となった「パンチ」との関係やカクテル誕生の謎、ファッションその他への影響や最新事情にも言及。　２２００円

メロンとスイカの歴史 《「食」の図書館》

シルヴィア・ラブグレン著　龍和子訳

おいしいメロンはその昔、「魅力的だがきわめて危険」とされていた!?　アフリカからシルクロードを経てアジア、南北アメリカへ…先史時代から現代までの世界のメロンとスイカの複雑で意外な歴史を追う。　２２００円

ホットドッグの歴史 《「食」の図書館》

ブルース・クレイグ著　田口未和訳

ドイツからの移民が持ち込んだソーセージをパンにはさむ——この素朴な料理はなぜアメリカのソウルフードにまでなったのか。歴史、つくり方と売り方、名前の由来ほか、ホットドッグのすべて!　２２００円

トウガラシの歴史 《「食」の図書館》

ヘザー・アーント・アンダーソン著　服部千佳子訳

マイルドなものから激辛まで数百種類。メソアメリカで数千年にわたり栽培されてきたトウガラシが、スペイン人によってヨーロッパに伝わり、世界中の料理に「なくてはならない」存在になるまでの物語。　２２００円

キャビアの歴史 《「食」の図書館》

ニコラ・フレッチャー著　大久保庸子訳

ロシアの体制変換の影響を強く受けながらも常に世界を魅了してきたキャビアの歴史。生産・流通・消費についてはもちろん、ロシア以外のキャビア、乱獲問題、代用品、買い方・食べ方他にもふれる。　２２００円

（価格は税別）

羽田圭介

ポルシェ太郎

河出書房新社

ポルシェ太郎

「ご足労いただき、ありがとうございました」

「とんでもございません、また、進捗《しんちょく》ございましたら連絡させていただきますので、引き続きよろしくお願い致します」

二度目の取引となるスマートフォンアプリ開発会社の社員たちに対し、大照太郎《おおてるたろう》は部下とともに深くお辞儀をする。エレベーターのドアが閉まり、身体にかかる重力が一瞬軽くなったとき、ようやく頭を上げた。左隣に立つ、黒の安スーツを着た来月で入社二年目に入る竹崎光《たけさきみつる》は、シークレットシューズを履いた太郎より二センチほど、目の位置が高い。

「リリースの日が決まってるから、日程の調整幅は二、三日だろ」

「そうですね」

「さっさと会場の候補だけ絞って、そこからキャスト決めちゃおう」

「はい」

ビルの外の銀座通りには、日がさしていた。平日の午後一時を過ぎたばかりで昼食時だからか、手ぶらのスーツ姿の人たちが多い。普段着姿のファミリー層もたくさんいる。近づいて聞こえる会話はどれも、中国語だった。九月のまだ暑さの残る日だからか、半袖Tシャツの人々も多い。

二四歳の竹崎の頭も、彼らに近い髪型だ。髪を切りに行く余裕がないのか、黒々とした剛毛の髪の量は多く、入学したばかりの大学生みたいだ。肌がとにかく色白だから、コントラストが際立つ。去年の秋入社した頃にはなかった贅肉《ぜいにく》がうっすらと、頬や顎のあたりについている。

「タクシーで恵比寿まで戻って、ちょっと寝てこようかな」

大通り沿いをなんとなく地下鉄駅の方角へ歩きながら、太郎は口にした。遅れて、あくびをする。

「社長の家、近いからいいですよね」

「そのために家賃一五万五〇〇〇円払ってるからな。結局、便利なんだよね、恵比寿」

「いいっすよね。自分なんて、一時間半っすもん」

埼玉の実家から通勤している竹崎は、羨ましさ半分、やっかみ半分のような口調で言う。手取り一九万円で家賃手当のない待遇を改善してくれと、暗にせまられているような気がした。しかし、四流大学を卒業して、ろくに就職のあてもなかったところを採用してやった自負が、太郎にはある。

「今度遅くなったら、恵比寿に泊まってもいいですか」

「駄目に決まってんだろう、俺のプライベート御殿なんだから。仕事はもちこまないの」

太郎は賃貸で住んでいる恵比寿のマンションに、四人いる社員のうち誰も招いたことはない。立地だけは良いが、築四〇年で二五平米の狭いワンルームだからだ。そんな築古狭小ワンルームへ本当に寝に帰ろうかとも思い、青信号が点滅している横断歩道の前で立ち止まり、左腕のブレゲの時計を見る。その時、音に気づいた。

低く轟くような音。太郎は目の前に停まっている白い箱形の軽自動車へやった視線を、その後ろの車へ移す。車高の低く幅の広い、メタリックな黄緑色のスポーツカーだ。轟くエンジン音は低いながらも刺すような鋭さを有し、周囲の人々の耳目を集めている。F1みたいなサウンドだ。前に停まっている浜松ナンバーの軽自動車と比べて、幅も長さも特段に大きい。

「マクラーレンっすね」

「F1の？」

「はい。数千万します。あんなの普通じゃ買えないっすよ」

「どんな人が乗ってるんだろうな」

マクラーレンの運転席の後ろのパネルが、開いた。続けざまにルーフが車両本体から持ち上げられ、わずか数秒間で後ろへ格納された。

電動ルーフが開いて現れた光沢に、太郎は言葉を失った。

運転席に、見事な禿《は》げ頭の初老男性が、一人で座っていた。

両サイドの毛髪はわずかに残され、その他の部分は、剃ったくらいでは不可能なほどの炯然《けいぜん》たる光沢を呈している。

信号が青に変わると、浜松ナンバーの軽自動車が走りだし、その後ろにつく黄緑色のマクラーレンが、レースでもしているかのようなけたたましいエンジン音を銀座の街に反響させる。やがて、法定速度で走るマクラーレンは、去って行った。

それ以後、車に疎《うと》い太郎ではあったが、街で格好いいスポーツカーに気づく度、運転席へと目がいくようになった。

たいていの場合、禿や白髪の中高年男性が、一人で運転していた。言い換えるなら、格好いいスポーツカーには、禿や白髪の中高年男性しか乗っていなかった。

はじめのうち、どうして禿や白髪の中高年ドライバーたちに目がいってしまうのか、太郎にはわからなかった。ひょっとして、スポーツカーに憧れ始めているのかとも思ったが、少し違うような気もした。恵比寿に住み、服は伊勢丹や青山近辺の店でしか買わなくなり、ブレゲの時計も買った。次は車に手を出そうとしても、近所の駐車場を借りるには七万円くらいかかるし、酒を飲んで遊ぶにも、タクシーのほうが便利だし安くつく。

やがて、どんなに格好いいスポーツカーも、禿や白髪の中高年男性にしか乗られていない、そのこと自体が気になっているのだと、太郎は気づいた。緻密に造られた純然たる高品質のスポーツカーに、パッと見た感じ誰も憧れないような肉体の衰えたドライバーが乗っている現実に、ミスマッチを感じているのだ。

スポーツカーなど、都会で乗るには合理性もないし、そもそも車両価格が途轍もなく高いから、若者には買えやしない。しかし、見た目が美しいデザインのスポーツカーの乗り手には、肉体的に衰えた中高年よりも、頭髪や未来のある若者のほうが、似合っている。頭髪と金のあるうちに買ってあげないと、スポーツカーのほうだって、浮かばれないんじゃないだろうか。

東京から電車とバスを乗り継ぎ、東京湾アクアラインを渡った先にある千葉県のバス停に着いた。太郎は二人の社員と行動を共にしている。バス停から講演会会場の市立ホールまでは一・二キロの距離だ。

「結構、距離ありますね。タクシーもないし」

去年の秋に新卒で入社した田乃亜香里《たのあかり》はそう言いながら、スマートフォンを操作しだす。タクシーの迎車アプリでも開いているのだろう。そうはさせるかと思った太郎は、自分から歩きだす。

「近いよ。銀座の端から端まで歩くくらいの、たいしたことのない距離だし」

歩きだした社長に、二人もついてくる。太郎が前に籍をおいていたイベント・PR会社「5《ファイブ》パートナーズ」から引っ張ってきた後輩の熊田和人《くまだかずと》は、太郎より三つ若い三二歳で、休みの日には登山やフットボールといった趣味に興じていることもあり、一・二キロを歩くことなど屁とも思っていない様子だ。

歩いている途中でちらと振り返って見た田乃は、まだ二二歳で疲れ知らずにもかかわらず、田舎の道を歩かされているのが不服だとでもいうように、表情が硬い。就職活動を大学卒業後も行い竹崎と同じ去年の秋採用で入社してきた彼女は、自分の居場所はこんなところじゃないとでも、まだ思っているように見えた。偏差値も学費も高い有名私立大学に通い、各テレビキー局の採用選考の最終に近いところまで進んだにもかかわらず、全て落ちた。他の業界は一切受けていなかったため、気づけばどこからも内定を得ないまま卒業を迎えた。大学院に進学したり、就職浪人をしたりという、中途半端な経歴のロンダリングは、彼女の性にあわなかったようだ。だから、人づての紹介で田乃のような優秀な人材を太郎は迎えることができた。

約束の午前一一時四五分に市立ホールへ着いた。以前の打ち合わせで面識のある広報担当者や、その他職員たちに挨拶する。会場や控え室のセッティング等を熊田に任せ、太郎は田乃と共に市立ホールの出入口外で待つ。

「もう三分過ぎてますすね」

田乃に言われ、太郎はブレゲの文字盤を見る。約束の一二時を過ぎていた。今日は、毎年市が開催している文化講演会に、テレビのバラエティー番組にもよく出演している米沢《よねざわ》弁護士が来る。太郎のほうから市へ売り込みをかけると同時に、米沢弁護士にも依頼をだした。前会社の5パートナーズ時代にも一度、アテンドしたことがある。わりと安めの値段で引き受けてくれることを太郎は知っていたため、少し抑えめの額を市に提示することで、発注をとりつけることができた。

「交通費込みの案件だから、交通手段訊いてなかったけど……バスで来るのかな」

太郎が米沢弁護士に電話をかけようとしたとき、低く轟く音が近づいてきた。真昼の田舎で耳にするには違和感のある音だ。太郎は広い屋外駐車場に進入してきた、白い流線型の車を見る。太郎たちの存在に気づいたようで、車高の低いスポーツカーは、徐行速度でホール出入口近くまでやってきた。

運転席にまわりこむと、ブラックシャツを着た米沢弁護士が、ハンドルを握っていた。運転席側の窓が開かれる。

「お世話になります」

「おはようございます。車、どちらへ駐めればいいですか？」

それに対し、市の職員が誘導する。地を這うように走る車のあとを太郎も小走りで追いかける。丸みとボリュームのある尻を見ながら、格好いいと感じた。あれはポルシェだろう。近づくと、「911 Carrera S」というメッキのエンブレムが読みとれた。ポルシェは、最近都心でよく目にする。正確には、都心で走っているポルシェの存在に、太郎が気づくようになった。

はじめは米沢弁護士のポルシェに対し格好良さだけ覚えていた太郎だったが、次第に妙な不公平さを感じていった。自分の両親とか市井の人々の生活に、こんな流線型のスポーツカーが入りこむ余地などない。既得権益とかなにかしらのズルをしている人の匂いを勝手に嗅ぎとってしまう。ポルシェを駐めた米沢弁護士に、太郎はあらためて挨拶した。

「遠くまでご足労いただき、ありがとうございます。お時間どれくらいかかりました？」

「ええっと、一時間一五分ですかね」

「そんなにお早く、ですか？」

「家出て下道一〇分くらい走って、高速に乗っちゃえば、すぐですよ」

電車とバスと徒歩では、二時間かかった。自家用車だとそんなにも早く着くのか。

「格好いいポルシェですね。とても高価なふうに見受けられます」

「そうでもないですよ。よくあるカレラSなんで、一五〇〇万くらい」

一五〇〇万。自分の会社を作り独立した、ここ一年間ほどの自分の実質の年収と同じだと太郎は思った。すると、目の前にある流線型のポルシェが、独立して以降の一年分の自分そのものを、具現化しているような感覚に陥ってくるのであった。

大衆車と比べて車高が低い。舗装された道路しか走らないのであれば、車高は低くていいのだ。シートも、二人分でことたりる。大勢の仲間たちを乗せる幻想と無縁で、自分にとって本当に必要なものがなんであるかをわかっている人間が乗る、知的な雰囲気がした。それでいて、正面から見ると丸く大きなヘッドライトからしてカエルのようにも見える流線型のボディーには、柔らかさがある。

一年分の俺は、なんて格好いいんだ。

その後、約七〇〇人の客を入れ、講演会が始まった。なんとなく舞台袖や裏を行き来しながらも、太郎は米沢弁護士の講演は半分くらいしか聞いておらず、さっき目にしたポルシェのことばかり考えていた。

ここ関東の僻地《へきち》へ来るのに、公共交通機関よりポルシェのほうが圧倒的に早く着いた。これまでにも何度も、電車といった公共交通機関利用では不便な場所で仕事をすることがあった。これからの自分は事業を拡大し、そういった場所へ赴く機会も増えるだろう。行動範囲は広がってゆくはずだ。

車の一台くらい持っておいても、いいのかもしれない。それも、格好いいものを。

太郎はさきほど自分が、ポルシェを所持している米沢弁護士に対し漠然となにかズルをしている人という印象を抱いたことを思いだした。インタビュー等で公にされているプロフィールが本当であるならば、米沢弁護士は貧乏な家庭から東京大学に進学し弁護士になった、苦労人だ。努力により専門性を得た、尊敬すべき人だ。

ポルシェを持っていない自分はどうか。太郎は社長をやっている自分に満足しているいっぽう、不全感をおぼえているのもまた確かであった。ひとえに、イベント・PR会社というこの業種が、誰にでもできる仕事であるということが大きい。こういう仕事があることを世間の人たちが知らないだけで、人や企画を右から左にまわすだけで金がもらえる、誰にでもできる仕事だからだ。アルバイトやパートタイマーと同じく、専門性がない。情報の非対称性だけで存在できている仕事だ。誰にでもできる仕事は誰にでも真似できるから、その構造に気づいた他人やAIなんかにすべて奪われてしまっても、おかしくはない。言い換えれば、AIにもできてしまう、人間がやるべき価値のない仕事といえた。AIなら休憩もいらず、不死身だ。人間である自分にはなにかしらの才能や、身体に染みついた技法といったものが、あるだろうか。

あるいは……ステータス性の高いポルシェでも買い、色々な道を旅すれば、自分では気づけていなかった才覚に気づき、自信を抱くこともできるだろうか。外面が内面を作るという考え方だってよく見聞きする。講演を聞きながら、太郎はそんなことを思った。


出先での打ち合わせを済ませた太郎は、田乃亜香里と地下鉄の駅へ向かう。南青山にある会社のオフィスへ戻るためだ。タクシーに乗ればすぐの距離だが、太郎は半ば自動的に電車に乗ろうとする。明後日に台風の到来が予想されており、午後三時過ぎの今、雨こそ降っていないが、曇り空で風が強かった。

すると、ガラス張りのショールームの横を歩いている途中で、太郎は展示されているものに目がいった。赤いカエル顔の車。ポルシェだ。

太郎の歩調が遅くなったのに気づいたのか、田乃もショールームへと目を向ける。

「社長、買うんですか?」

アナウンサーを目指していただけあり、田乃の声は明瞭でよく通る。そんな声で訊かれると、即座の判断を促されているような気が太郎にはした。

「うん、気になってる。時間あるから、ちょっと見ていく。先に帰ってて」

「わかりました」

田乃と別れた太郎は自動扉にまで進み、ポルシェのディーラーへ入る。入ってしまった、と端的に思った。田乃と一緒にいたからだろうか。自社の社員とはいえ、一回りも年下のわりと美形な女性の手前、高級車のディーラーに見栄と勢いで入ってしまったか。たしかに最近ポルシェに憧れてはいたが、まだ心の準備ができていない。

「いらっしゃいませ」

三〇歳前後の、髪を後ろに結わえた細身の美しい女性が、太郎のもとへやって来る。

「お客様、ご予約はされていますか？」

「いいえ」

「失礼致しました。もしよろしければ、ご用件をおうかがいしますが」

「ええっと……車を、見に来ました。ちょっと気になっていたんで。どういうラインナップがあるかも、まだわかっていないくらいで、すみません」

受け答えしながら太郎は、必要以上に卑下してしゃべっているなと自覚した。

「よろしければ、係の者からご案内させていただくことも可能ですが」

「はい、お願いします」

笑みをたたえる美しい受付嬢に案内され、太郎は窓近くの丸テーブルへ通された。

「こちらからお飲み物をお選びいただけます」

「あ、すみません、じゃあ、コーヒーで」

「ホットで？」

「はい」

答えてから、本当は少し喉が渇いているからアイスがよかったなと思った。太郎は座りながらあたりを見回す。やがて、白い陶器のカップに淹れられたコーヒーが運ばれてきた。

「すみません、ただ今営業担当の者たちが他のお客様の接客中でして、もう少しお待ちいただいてもよろしいですか」

「はい、全然問題ないです。飛びこみで来て、こちらこそすみません」

受付嬢が去って行ったタイミングでコーヒーに口をつけた太郎は、ちゃんとドリップされたばかりのコーヒーだとわかった。酸味と、カフェインが舌先から染みわたる感覚がある。そこらのカフェチェーン店よりちゃんとした味のコーヒーを出された。まだ一銭も、金を払っていないのに。

「……さん、代車でお越しになるの何時だっけ？」

スーツを着た男性同士の会話が聞こえた。有名映画監督の名が発せられたから、耳についたのだ。スマートフォンでその監督の名前と「ポルシェ」を一緒に検索すると、実際にポルシェに乗っているらしかった。著名人も来る店なのか。

太郎は展示されている車を見て回り始めた。米沢弁護士が乗っていたのと同じ９１１カレラＳかと思った赤いポルシェは、パネルによると、９１１ターボＳという車種だった。流線型ででっぷりとした尻の見た目はほとんど同じで、違いがわからない。車高の高いＳ

UVタイプもあった。スポーツ選手や芸能人が乗っている車として度々耳にする、カイエンだ。カイエンがポルシェの車だったことを、太郎は初めて知った。

「お客様、お待たせいたしました」

カイエンのボディーを横から眺めていた太郎は、自分より数歳年上の四〇代前半と見受けられる眼鏡の男性から、挨拶された。名刺を渡され、自分も会社の名刺を渡す。

「これまで、ポルシェにお乗りになったことはございますか？」

「いや、ないんですよ。今は車持ってなくて、ちょっとポルシェが気になってて、どんな車があるのかな、と」

それからは、営業担当者の舟木《ふなき》氏による案内のもと、一階、そして二階に展示されてある車を見てまわった。

「大照様は、スポーツクーペタイプを御検討されているようですので、こちらのケイマンなんかが、御用途にあうかもしれませんね」

「そうですね」

「いかがいたしましょう、御試乗されますか？」

「お願いします」

「かしこまりました。それでは、あちらのお席でアンケートにご記入いただきたいのと、お手数ですが免許証のコピーをとらせていただいてもよろしいでしょうか」

アンケート用紙に住所氏名等書きながら、太郎は段々と不安になってくる。車など、もう一〇年ほど運転していない。東京都内で走らせて事故を起こしたらどうしよう。これから乗るケイマンは、ポルシェのスポーツクーペの中では手頃な価格の七〇〇万円台らしい。やがて車の準備が整い、太郎は外へ案内された。水色の二人乗りのポルシェが、そこにあった。

ペーパードライバーであることを舟木氏へ正直に告げた太郎は、ベージュの本革に包まれたコックピットに座り、シートの調整についての説明を受ける。そしてブレーキを踏んだ状態で、エンジンをかけた。唸《うな》るような音が鳴り響く。そのあともシフトレバー、ウィンカーなどについての丁寧な説明を受けた。ウィンカーレバーの位置が国産車と反対の左側にあること以外に、特に変わったことはない。

助手席に座った舟木氏の案内のもと、太郎は水色のポルシェ・ケイマンとともに、公道へ出た。

低い着座位置から前を見ると、思っていたより幅広な車だったことに気づく。片側三車線で一車線あたりの幅が狭い道だと、横を通る車とぶつからないか気になった。しかし、車線変更や右左折について舟木氏が的確な指示をくれるため、怖さは早い段階でなくなった。

「現在はお車に乗られていないとのことですが、これまでに、なにかお車をお持ちだったことはございますか?」

赤信号で停車中に訊かれ、太郎は首を横に振る。

「地元の茨城にいた、大学生の頃までは、軽に乗ってました。もらったワゴンRです。就職して実家を出てからは、全然乗ってません」

「お仕事で使われるご予定は?」

「あります。けど、どうしても必要、ってわけでもないんですよ。楽しみたい、っていう動機のほうが強いですね」

「それでしたら、走りを楽しめるこのケイマンは、ちょうどいいですね。911よりもお手頃価格なのですが、ミッドシップエンジン、車の中心にエンジンがあるタイプなので、カーブでの旋回性能《せんかいせいのう》は高く、理論的には911よりケイマンのほうが速いです」

説明を聞きながら、青信号になったので太郎はアクセルペダルを踏む。車体の中心にエンジンがあることのメリットが、都心の少し混みだした道路で、しかも約一〇年ぶりの運転では、実感できない。しかし、かつて地元で乗っていた背の高いワゴンRとまったく違う乗り物に乗っている感覚は、じゅうぶん楽しかった。舟木氏は、911より実質的には速くて安いケイマンの長所を口にしてくる。初対面の客の足下をみて、安いほうのケイマンを買う動機を、与えようとしているのだ。やがて、一〇分ちょっとの試乗コース走行を終え、ディーラーの敷地内へ戻った。

「いかがでしたか?」

「素晴らしかったです」

エンジンのかかったままのケイマンのそばに立った太郎が答えると、少し沈黙の間があった。先に口を開いたのは舟木氏だった。

「どうでしょう、911のターボにも乗られてみますか?」

「はい、お願いします」

数分後に同じ場所に用意されたのは、ブラックメタリックの911ターボだった。ケイマンと同じクーペタイプだから、形の違いが太郎にはよくわからない。

ドアを開けると、狭いながらも後部座席があった。

「一応四人乗りではありますが……子供さんですとか、出先で急に人を乗せるときにしか使えません」

とても大人が乗れるような大きさの後部座席ではないが、そのぶん後ろのスペースが空いているから、二人乗りのケイマンとくらべ車内に開放感があった。

「エンジン音に、耳をすませてください」

ブレーキペダルを踏んだ太郎は、音に注意しながら、キーをさしこんだエンジンスターターをまわす。ブオン、という高回転のエンジン音が一瞬、真後ろから鳴り響き、アイドリング状態で少し静かになった。ドコドコとおおらかに鳴っていたケイマンと比べ、音の粒が細かく忙《せわ》しない。

「それでは、あのトラックが行ったら……行っちゃいましょう」

左折で公道に出てすぐ、ルームミラーに迫って来ていた白いセダンから離れるため、太郎はアクセルペダルを踏み込んだ。すると背中や尻が、シートにおしつけられた。

ものすごい加速だ。

さきほどと同じ試乗コースを走るが、十数分前より道は混んできているにもかかわらず、体感するスピード感は９１１のほうが速かった。その感想を太郎は舟木氏に伝えた。

「リアエンジン、リア駆動《くどう》だからですね。高級車はだいたい後輪駆動なのですが、エンジンまで後ろにある車は珍しいんです。重いエンジンが後ろにあると、そのぶん駆動輪である後輪の接地感が増すため加速までのタイムラグが減り、ダイレクトに地を蹴るような走り方になるんです」

アクセルペダルを踏む度に、体重が後ろにぐっと引っ張られる。ケツを押しだされる、そう感じられる車だ。法定速度で走っているだけなのに、こんなに興奮できるのか。都心のただの下道の道路が、まるでアミューズメントパークに用意された楽しいコースのようになる。太郎には９１１が、車であって車でない、なにか違うもののように感じられた。

店舗に戻ると、ガラスで囲まれた個室に通される。可動式アームの先につけられたモニターを見ながら、まずはケイマンの見積もりを作ってもらう。車両本体価格は素の状態で七二〇万円だが、ポルシェは車内マットやワイヤレスキーなどなんでもオプション扱いで、必要だと思われるものをつけてゆくと、一〇〇〇万円を超えた。９１１はカレラＳでもターボでもＧＴＳでもないノーマルの車両価格が約一三〇〇万円、オプションをつけると一八〇〇万円近くになった。

あの感動の走りをもたらした車が約一八〇〇万円するのは、決して高過ぎないと太郎は思う。高過ぎはしないが、じゅうぶんに高い。

「オプションをもう少し除いての試算もできますけど」

買う、と言い出さない客を見かねてか、舟木氏に提案された。太郎はあることを思いだし、さきほどもらった名刺をポケットから取り出し、確認する。

「中古車は、ありませんか?」

舟木氏の名刺には、ポルシェジャパンの正規ディーラーであることの他に、ポルシェ認定中古車店であるとの記載もあった。

「ございます」

911でグレードにはこだわらず、一五〇〇万円前後の予算と白、黒、シルバー、グレーのカラーだけ指定し、探してもらう。すると、今いる店舗に一昨日、希望する条件に近い車が入庫されたばかりだとわかった。

「よろしければご覧になりますか」

「はい」

油の匂いのする整備ピットにまで歩いて向かうと、光沢を放つシルバーの、丸みを帯びたオープンカーが、そこにあった。

太郎は車の内外を、立ったりしゃがんだりしながら眺める。洗車がまだなのか、車体下部やホイールにわずかな汚れこそついているが、傷は全然ない新車同様の車だ。

「911カレラカブリオレPDKでして、走行距離四〇〇〇キロの、全然乗られていないお車です。前のオーナーさんは、他店舗ですがポルシェの正規販売店で購入されています。登録は……去年の一〇月です」

去年の一〇月？　自分の会社、ビッグシャイン株式会社の登記月と同じだなと太郎は思った。一年前の同じ月に会社もこのポルシェも登記・登録され、互いに今月でちょうど一年間の月日を経た。

「おいくらでしたっけ？」

「車体価格が、一五〇六万円です」

約一五〇〇万円。それも、ここ一年間での太郎の実質年収と、ほぼ同額だ。運命を感じてしまう。

ただ、車に一五〇〇万円も出してしまっていいものか。太郎の中で、今までしたことのない高額の買い物をすることに、迷いの念もある。

すると脳裏に、一つの光景が、鮮やかに蘇った。

あの日銀座で見た、メタリックな黄緑色のマクラーレンに乗った、禿げ頭だ。

どうして、あの印象が強烈に残っているのか。太郎にもよくわからない。とにかくあれを思いだすと、マクラーレンのような高級スポーツカーに憧れたりするより、どちらかというと、悲しみに近い感情におそわれるのだった。

ミリ単位で設計され精密な工程を経て製造された、珠玉のデザインの車に乗る人間が、髪もなく肌のたるんだ中高年男性だけだなんて。

日本には、ときめきが少なすぎる。あの日の銀座の路上で、あのマクラーレンを見た人たち全員もなんとなく、同じようなことを感じたはずだ。

今の自分の年齢である三五歳は、911カレラカブリオレのような格好良い車に乗って周囲の人々から憧れられる、ギリギリの年齢だろう。

欲しい物は、若いうちにさっさと買わないと仕方ない。男の人生の半分である三五歳の今を逃したらもう、銀幕の中のスターたちのように格好良いスポーツカーに乗っていい年齢は、過ぎてしまう。

思い起こせば、童貞を捨てたのが遅かったから若者同士の退廃的で無軌道なセックスだってしていないし、バックパック一つで世界放浪とか、人生で経験しそびれたことが多すぎると太郎は常々後悔してきた。過去を巻き戻せないのであればせめて、今の時点で少しでも憧れたりときめきを感じることは、未来の自分が後悔しないよう、すべてやっておきたい。

それに一五〇〇万円という価格は、ここ一年分の自分の頑張りが具現化されたようにも太郎には感じられた。

「これ、買います」

太郎の言葉に、「ありがとうございます！」と舟木氏が頭を下げた。これ、買います。つい今し方自分の発した言葉が、当事者であるにもかかわらず、他人が言った言葉のように感じられた。でもそんな違和感はすぐに消え、大きな買い物をしてしまったという興奮につつまれた。

港区内の会員制レストランに、女性四人が先にそろった。数分遅れで、IT社長、その連れのよく知らない俳優、職業も名前も知らない五〇前後の男がやって来た。早速、一杯目の飲み物を頼み、乾杯する。

太郎は副業で、金持ちの男性たちと若くて美人の女性たちを引き合わせる仕事をしている。女性たちにはタクシー代という名目で数万円単位の金が渡され、太郎も手数料をもらう。お金の流れに関しては、厳密に決めているわけではない。もう何度目かのつきあいのあるITベンチャーの澤木《さわき》社長との場合、女の子たちへのタクシー代と太郎への手数料がまとめて渡され、その中から太郎が女性たちへタクシー代を渡す手はずとなっている。よく知らない俳優と謎の男のぶんも澤木社長が払っているのかどうかは、知らない。

女性陣に関しては、太郎がこの副業を通し知り合った芸能事務所所属の塚井《つかい》麗華《れいか》に、今日の三人を集めてもらった。塚井は二七歳で芸能の仕事はあまりなく、車関係のイベントコンパニオンといったアルバイトばかりしているが、埼玉の実家暮らしだからそれほど金に困っているわけでもない。ただどうしようもないほどの酒好きで、自腹で飲み歩くと金がなくなるから、どうせだったらとこのような金のもらえる飲み会に参加しているらしい。

「次、頼んでいいですか?」

そう言ってさっさと二杯目のビールを頼んだ塚井は、場に笑いをもちこみ、良い潤滑油役になる。酒をぐびぐび飲みながらも二七歳の彼女は、自分がこなすべき役割をわかっていた。

そんな塚井麗華が連れてきた今日の女性陣は、当たりだった。

東京モーターショーのコンパニオンで知り合ったという二五歳の堀《ほり》リサと、ドラマのオーディションで知り合ったらしい女優の惣田瑞恵《そうだみずえ》。惣田の大学時代からの友人で、航空会社のCAをやっている大谷里子《おおたにさとこ》。客を満足させるためのチェックとして塚井から事前に女性陣の名前や職業等を伝えてもらっていたから、本名か芸名かはともかく、太郎は全員の名前を把握している。芸能事務所所属の三人は塚井も含め全員頭蓋骨からして美しかったし、CAの大谷だって美形の部類に入る。

男性陣では、四四歳未婚であるIT社長の澤木氏がよくしゃべった。太郎はその場を盛り上げようと澤木氏はじめ三〇歳の俳優や、コンサルタントと名乗った黒木《くろき》という五〇年配の男にもそれとなく話題をふるが、その二人はろくにしゃべらない。そのうち段々と、太郎は髭を生やした三〇歳の俳優に対し苛つきだした。こういう飲み会で、外見の良い若めの男を一人くらい入れておかないととりこめない層の女もいる。澤木氏は、自分より若く外見もいい男を呼ぶことを躊躇しない。見かけだけの男より社長をやっている自分のほうが雄として優れていると対比させることもできるし、素晴らしい見かけの若い男と気軽に交流できるほどのいい男であると、女性たちに錯覚させることも狙っている。

「え、あの店の常連なんですね！　家どこなんですか？」

「目黒。中目黒じゃなくて、目黒」

酔いのまわってきた様子の塚井麗華に訊かれた三〇歳の俳優が、すぐに答えた。俳優はそれ以上会話を繋ぎもせず、ウィスキーの水割りに口をつけた。なにが中目黒じゃなくて目黒、だ。太郎は、世間の人並みにテレビを見ている俺がその顔も名前も存じ上げない程度の中途半端な三〇歳俳優のくせに、生意気だと思った。彼は昔から、努力しなくても周囲の人たちから話を聞いてもらえる環境で生きてきたのだろう。外見が良く、未来への期待値込みでそういうコミュニケーションを女性たちから受け続けてきた男が、期待されていたようなポジションにまでいけそうもないと周囲に悟られ、それを自覚し人との接し方を変えられなかった場合、一気に悲惨になる。事実、盛り上げ役の塚井でさえも、俳優には段々と話しかけなくなってきた。

黒木という男も、黙々と酒を飲むだけだ。澤木社長と太郎の二人がしゃべっても、やがて女性同士でしゃべったりする時間も増えた。男たちが誰もしゃべっていない一時《いっとき》が訪れ、女性たちから疎外されている雰囲気に耐えられなくなった太郎は、塚井麗華に言った。

「そんなに飲んで大丈夫かよ、麗華ちゃん。帰れるの？　家、どこだっけ？」

「だから埼玉ーっ！　春日部ーっ！」

「そうだ、春日部の実家だ、遠いんだった」

「だからタクシー代、もっとちょうだいよ」

「自分の家が恵比寿だから、その感覚で考えちゃってた……。ちなみに他のみんなは？」

ドラマやCMに出まくっているクラスの女性芸能者たちではないからそれくらいの個人情報は訊いてもいいだろうと、太郎は他三人の顔を見る。

「草加。だから途中まで麗華と同じ。東武伊勢崎線、イェーイ！」

滑舌《かつぜつ》の悪いレースクイーンの堀リサがそう答えながら、隣の塚井と乾杯をする。痩せ体型なのにワンピースを着た胸のふくらみが異様に大きい彼女を澤木社長は気に入ったようで、「僕は埼玉じゃないけどイェーイ」と言いながら乾杯に加わる。

「私は八丁堀です」

黒髪の綺麗なCA大谷里子が答えた。

「八丁堀？　なんで？」

「会社の寮がそこにあるんです。女子寮で、家賃四〇〇〇〇円で済むんですよ」

「四〇〇〇〇円はいいね。俺の恵比寿のマンションなんか、一五万五〇〇〇〇円だからさ。駐車場が八万円で、あわせて二三万五〇〇〇〇円だよ」

「高いですね」

あまり心ない感じの受け答えをしたあと、大谷はスモークハムをフォークで食べだした。さっきからずっと料理を食べまくっているが、お腹が空いているのだろうか。太郎は、少し前から飲むのをやめ、会話を振られるのを律儀に待っている様子でいた女優の惣田瑞恵に話しかける。

「惣田さんは、どこ住んでるの？」

「私は、辻堂です」

澤木社長が驚いたような口調で訊く。

「辻堂って、鎌倉とかの近くの？　なんでそんな遠いところに住んでるの？」

「実家なんで」

惣田瑞恵が、細めの声で、笑顔をたたえながら答えた。ネイビーシャツの首元に、糸のように細い控えめなネックレスがかけられ、酔いのまわってきた太郎は数秒間、それに見とれた。

三時間ほど続いた会は一一時過ぎにお開きとなり、店から歩いてすぐの大通りへ一行は向かう。三〇歳の俳優はタクシーに乗り帰った。澤木社長は堀リサにご執心の様子で、今日のうちにヤりたいのか、二次会に行こうと提案し、堀リサと酒好きの塚井麗華も意気投合していた。他の二人は、今夜は帰るとさっき話していた。

すると太郎は、厄介な光景を目にした。ブラックシャツにグレーのスーツを着た男、さきほどまで大人しかったコンサルタントの黒木が、惣田瑞恵の手首をつかみ、後部ドアを開けているタクシーへ押し入れようとしていた。まるで誘拐の現場のようなただならぬ空気感に、イベンターとして太郎は無視することも難しく、二人の間に割って入った。

「黒木さん、また、飲めばいいじゃないですか。彼女、明日もあるみたいですし」

そう言いながら黒木から離した惣田を、その後ろに停車している客待ちのタクシーの後部座席へ押し込む。

「おいっ」

太郎の後ろで黒木が大きな声を出した。それにかまわず、太郎は惣田瑞恵に話しかける。

「ごめんね、とりあえずこれに乗って逃げておいて。ただ、今は現金の手持ちがないからさ。さっきのとは別にタクシー代を後であげるから、連絡先教えて」

太郎からの提案に、惣田はうなずいた。

「わかりました。じゃあ、麗華ちゃん経由で」

すぐに、惣田瑞恵を乗せたタクシーは発進した。

振り返ったとき、太郎は間近に接近していた黒木からスーツの左肩をつかまれた。

「仲介屋のくせになんだおまえ？　殺すぞ」

自分より高い顔の位置から言われ、太郎は曖昧な笑みを浮かべる。男は信じられないほど酒癖が悪いのだろうが、間近で見ると、酔っていなさそうにも見えた。

黒木がタクシーで帰ると、ＣＡの大谷里子は女子寮へ帰るのか駅のほうへと去り、澤木社長と二人の女性たちもタクシーに乗った。太郎もタクシーに乗ってしまいたい衝動に駆られたが、電車に乗る。

恵比寿で下車し、徒歩一二分のマンションへ向かいながら太郎は、惣田瑞恵のことを思いだす。彼女の友人の大谷はひたすら料理を食べ、場をやり過ごし金をもらおうとしていたのに対し、惣田は控えめではあったものの、それなりに場を明るくするようなふるまいをしてくれた。根が優しいのだろう。

　太郎は大事なことに気づいた。惣田瑞恵は、辻堂の実家に住んでいる。タクシーでどこかのターミナル駅にでも行き電車に乗ってくれればいいが、神奈川県の辻堂までタクシーで帰った場合、深夜料金で何万円かかるのだろう。会の終わりのタイミングで、封筒に入れた四万五〇〇〇円を一応、すでにタクシー代という名目で払ってはいるのだが。払うと言ったタクシー代について、見逃してはもらえないか。ただ、金を払う口実がないと、自分は彼女と個人的に連絡したり会ったりはできないのだと、すぐに観念した。

　帰路の途中で、太郎は遠回りの道を選んだ。自宅から徒歩八分の場所にある、雑居ビル一階の機械式駐車場へ着いた。鍵を差し込みパネルのボタンを押すと、鉄扉の向こうから機械の作動音が聞こえてきた。

　やがて二分ほどで鉄扉が上に開き、ポルシェ911カレラカブリオレがその後ろ姿を見せた。車高の低い、でっぷりと丸みをおびた尻が美しい。太郎は三日前に乗って以来だった愛車を、ずっと眺めていられた。

　今夜はもう酒を飲んでしまったから無理だが、願わくはこのまま、夜のドライブにでも行きたい。惣田瑞恵は今、どこにいるだろうか。彼女を助手席に乗せ、辻堂まで送りにでも行けたら最高なんだが。夢想しつつ、太郎は機械式駐車場の鍵を抜き、扉を閉めた。

　五階建てのマンションに着いた太郎は、郵便受けの中身を取ると、階段を三階まで上る。ベージュのタイルの壁は、あちこちに罅《ひび》や欠けがある。各部屋の外についている給湯器の古さはどれも、バラバラだ。丸いドアノブをまわし、太郎は自分の部屋に入った。

さっさと服を脱ぎ、シャワーを浴びる。古いマンションだが、風呂とトイレは別になっている。太郎自身はトイレと洗面所も一体型のユニットバスでも良かったが、女性たちは皆それが嫌いだということを知っていたから、配慮した。二五平米の狭い部屋だが、壁紙やフローリングは新しいものに張り替えられている。なんといっても、掃き出し窓にへばりつくと六本木ヒルズが、遠くのほうに東京タワーが小さく見えた。太郎にとっては、それが大事だった。東京で成功しているという感じがした。さすがに、家賃一五万五〇〇〇円だけのことはあった。

部屋着に着替えると缶チューハイを開け、ザ・コンランショップで買った茶色いヌメ革のラブソファーに座る。太郎の至福の時間だ。膝上でアップル社製のノートパソコンを開き、仕事とは関係のないWEBブラウジングをする。フェイスブックの自分のニュースフィードに表示される投稿の主はいつも決まったメンツで、仕事や旅行を謳歌している写真や、子供の写真なんかがほとんどだ。最近誕生日を迎えた人たちに関する通知もあったりする。たいして期待もせずスクロールしていた太郎は、指の動きを止めた。

「流野《ながの》唯《ゆい》」による新規投稿がある。それも数時間前だ。

あまりにも珍しいため、太郎は新規投稿に目を通すよりも先に、彼女のプロフィールページへアクセスする。苗字は変わっていないようだし、〈独身〉のままである。新規投稿に戻った。

仕事の関係で最近東京に戻ってきて、休みの日に都内ホテルのアフタヌーンティーに行ったという内容だった。三枚投稿されている写真は、料理とホテル高層階から見た外の景色だけで、彼女自身の姿が映ったものはない。誰と行った等の情報はない。彼氏と行ったのか。でも、最近東京に戻ってきたということだから、どうなのだろう。遠距離恋愛は続かないものとはよく聞く。友だちや親族と行っていてほしいと、太郎は思ってしまっていた。

流野さんは、大学時代からなんとなく憧れの対象だった人である。イベントサークルに所属していた大学時代、交流のある女子大のイベントサークルに所属していた彼女と、大学二年の夏に行われた納涼祭で知り合った。南方系の立体的な造形で、瞳は大きくやや地黒で、アイドルっぽい顔立ちだった。背は平均より高めで、胸もそれなりにあった。初対面のときに二次会のカラオケへ移動する際に池袋の街で見た、ホットパンツから出た太ももの筋肉の張りがはっきり見てとれた感じを、太郎は今でも覚えている。

二〇歳の時に知り合った流野さんも、今では自分と同じ三五歳か。初めて会ってから一五年も経ったのか。長いな、と思った太郎はまたすぐに、そんな計算に意味があるのかと感じた。一緒に一五年を過ごしたのであれば長いが、たぶん流野さんとは、これまでに十数回しか会っていない。

流野さんは東京に戻ったタイミングで思いだしたようにSNSを開いただけで、普段からあまり見てもいないのだろう。

そういえば、ポルシェの納車時にディーラーで撮ってもらった写真を、まだ投稿していなかった。小さいながらも会社の社長となり、ポルシェを買ったことを、皆に、特に流野さんには知ってほしい。投稿文を入力し、自慢っぽくなっている箇所を削ってから、太郎は投稿した。

人生が最大限うまくいっていることの象徴でもあるポルシェという美しい無機物と、一緒に写っている自分。少しだけコントラスト強めに加工されたデジタルデータとしてネット空間にアップされることで、肉体から有機性を剝奪され、今後ずっと三五歳の輝いた状態でいられるような気が太郎にはした。不思議と、今の状態を固着させるだけではなく、過去を巻き戻せもするんじゃないかという心地にすらなってくる。太郎は過去のスマートフォンから引き継いできた昔のデジタル写真の数々も、ついでにスクロールさせて見てみる。未来を変えられるのは当然、過去も輝かしいものに変えられる気がした。

数分後に再度確認すると、投稿を見た人たちの中から十数件の〈いいね〉ボタンが押された通知の中、「流野唯」の名前も入っていた。彼女も読んでくれたのだ。

夕方からトークショーが開催される名古屋の会場へ向かうため、太郎は会社近くのコインパークに駐めていたポルシェに社員の稲村健《いなむらたけし》と乗りこむ。大柄で腰痛もちの稲村は、腰をかがめる際に痛みでも感じたのか、歯と歯の隙間から強めに息を吐き、シートポジションの調整方法を太郎に訊いてきた。

エンジンをかけてごく短い間、高回転の音の演出がなされる。

「いい音するな」

稲村に言われ気を良くした太郎は、幌《ほろ》を電動でオープンにする。スマートフォンのカーナビアプリに目的地を入力し、ホルダーに固定し、出発した。

「もう高速に乗っちゃおう」

カーナビの指示に従い運転しているだけだが、運転している太郎の口からは、発言する意味のない言葉が出てくる。

「こんなに車線多いところ曲がったりするの、よくできるな。運転してなかったんでしょう？」

大学のサークル時代からの友人稲村は、自動車の運転免許をもっていない。

「地元では二、三年乗ってたから、慣れたら早いよ。あと、今はカーナビがものすごく頭良くて、首都高の車線についての指示とかも余裕をもって教えてくれるから、なにも怖くないよ」

「そうなの」

「それに、首都高の乗り降りを、用事もないのに夜中に繰り返したりしたから。一週間くらいほぼ毎日」

「よくやるな」

ペーパードライバーから都心を走れるようになるためのリハビリは、たったそれだけで済んだ。納車された時点では都心の道について多大なる恐怖を抱いていた太郎だったが、杞憂《きゆう》に過ぎなかった。都心での運転がうまくなるとは、ある程度リラックスすることに努め、絶対に気をつけるべきことに意識を向けるだけだった。交通標識を的確に読み取り、よくわからない狭い道には入らないようにするなど、要点をおさえると、恐怖は消えた。おまけに頭の良いカーナビによる懇切丁寧な案内のおかげで、納車したてで首都高に入っても、なんら問題なく流れに乗れた。紙の地図しかなかった時代や、約一〇年前まで茨城で乗っていたワゴンRに搭載《とうさい》の古いカーナビだったら、おっかなびっくり運転していただろう。

首都高には地下の道もかなり多いと、太郎は911カレラカブリオレに乗って痛感した。今日もまた、オープンにした幌を下道で閉めるのを忘れたまま、ノンストップの首都高に入ってしまった。トンネル内だと、エンジン音等ありとあらゆるノイズが反響し、うるさい。カーラジオや、隣にいる稲村の話し声も聞き取れない。ふと、このポルシェの助手席に初めて乗せた人は稲村になったのか、と太郎は轟音の中で気づいた。

地上の東名高速に入ると、オープンカーならではの爽快感が味わえた。目的地まで約四時間、距離にして三五〇キロほどだ。新幹線でなら、東京~名古屋間は約一時間半で、在来線やタクシーに乗る時間も含めて二時間ちょっとだろう。新幹線代は自由席で片道一万円ほどで、タクシー代も含め二人で二万二〇〇〇円くらいで済む。高速道路代とハイオクのガソリン代を合わせた額のほうが、少しだけ安い。もっとも車の場合、二時間ほど余計に時間がかかる。同行する稲村には、経費を浮かすためだと冗談半分で誘った。もう一人現地に行くメンバーの田乃亜香里は、新幹線で来る。

「サービスエリアに寄ってくれない？」

稲村から言われ、太郎は静岡サービスエリアへ入った。トイレで用を足し売店でジュースを買った太郎は、先にポルシェへ戻った。五分ほど経っても稲村が戻ってこないため、再び商業施設へ戻ると、喫煙スペースで煙草を吸っている稲村の姿が目に入った。ずっと我慢していたのだ。

「吸ってもいいよ。空き缶を灰皿にしてさ」

サービスエリアから出てすぐ太郎はそう提案したが、稲村は「いい」と断った。買ったばかりの愛車を煙草臭くしてはいけないと気をつかわれている。新幹線の喫煙スペースだったら、彼も心置きなく吸えただろう。

太郎は新卒採用でイベント・キャスティング・PR会社の〝ご縁を大事に〟、株式会社5パートナーズへ入社した。入社してすぐ、初代社長の息子が跡を継いだ。そして二年ほど前から、雲行きが怪しくなった。資金繰りがショートしたのだ。

一〇年以上どっぷりつかり、今さら他の業界でつぶしもきかないと自覚していた太郎は、他社への転職を考えるより、同じ業界での独立起業を考えた。新しいイノベーションを起こすとかではなく、誰でもできる仕事を真似するだけだったから、それに要するのは登記や事務所物件探しなどほぼ事務手続きのみだった。5パートナーズから後輩の熊田和人を引き抜く手はずをつけると同時に、大学のサークル時代からの友人である稲村健にも声をかけた。新卒で大手広告代理店系列のPR会社に入り、数年前に大手飲料メーカーに転職した彼だったが、PR会社と違った古い日本企業的な社風になじめず、顔を合わせれば転職したいと言っていた。太郎が誘うと、すぐに乗った。PR会社で一〇年近く働いていただけあり、即戦力として活躍してくれた。

そんな稲村も、さっきポルシェに乗ってすぐの頃こそ、乗り心地やエンジン音を褒めてくれたが、もはやなんの感想も言わなくなった。彼が車の免許をもっていないからだろうか。それとも、助手席に座っているだけでは、ポルシェの良さがわからないのか。

「タケも免許とってみたら？　子供もいるんだし」

「いいよ。電車とタクシーでどこでも行けるし。酒だって飲めないじゃん、車だと」

生命保険会社主催による午後六時からのトークショーには、一九歳の女流棋士がやって来る。半年ほど前からメディアにとりあげられだし、テレビやイベント等に呼ばれている。今のところ、どの芸能事務所にも入っていない。ギャラ交渉にシビアな大手や老舗の事務所に入っている文化人はそれなりに高くつくが、無所属の文化人は本当に安く使えるため、太郎は自分がキャスティング案を出す際、そういった無所属文化人を好んで起用した。

トークショー開始一時間前の時点で、生命保険会社の社員数人や、関西圏を中心に活動しているフリーの女性司会者も交え、打ち合わせをする。場数をこなしている出演者や元テレビ局出身の司会者ほど、事前に打ち合わせをすると本番での興《きょう》が削《そ》がれるし、動線確認をすることに意味があるのかと嫌な顔をしてくることも多い。太郎としても本心ではそう思っているが、事前に打ち合わせをすることが業界の慣例であるし、スポンサーに対し自分たちがちゃんとプロの仕事をしている雰囲気を演出するためにも、毎回行う。まだ一九歳の女流棋士はすれておらず、授業を受けているみたいにメモをとったりしながら真面目に聞いているし、テレビ局出身ではない四〇代のフリー司会者も、謙虚な態度でのぞんでくれている。

女流棋士の控え室で行っていた二〇分弱の打ち合わせが終わると、司会者とスポンサーと稲村が部屋から退出し、新幹線で来た田乃亜香里と太郎が部屋に残った。

「なにか、用意すべき物はございますか?」

太郎は女流棋士と、付き添いで来た三歳年上の姉に訊く。事前のアンケートにはなにも書かれていなかったが、太郎たちはこの控え室に、鏡とおしぼり、水とお茶、コーヒー、弁当一つとお菓子数点を用意していた。

「すみません、コンビニとか近くにあったら、サンドウィッチかなにかを買ってきてくれませんか? 姉が新幹線でなにも食べてこなかったので」

姉妹二人で財布を出しながらそう言ってくるのを受け、太郎はコンビニへと走った。通常、付添人も来るとわかっている場合、弁当や飲み物は二人分用意する。新幹線のチケットに関しても、東京~名古屋間くらいであれば出演者だけでなく付添人のぶんもグリーン券にする場合が多い。太郎は今回、付添の姉のぶんだけ普通車指定席でとり、弁当も一人分しか用意していなかった。経費は削減するに、越したことはない。

やがて、トークショーが始まった。若い世代向けに生命保険加入の大切さをさりげなくうったえかけるイベントだが、平日の午後六時から開かれる無料イベントだと客層はどうしても、近所に住んでいる中高年ばかりになった。最近テレビに出ている有名人が近くに来るから無料だし暇つぶしに来た、そんな感じだ。舞台裏にある客席を映すモニターを見ると、約五〇〇人集まった客のうち、開始五分ほどしか経っていないにもかかわらず、すでに十数人が首をうなだれ寝ている。

暇つぶしに来ただけの数百人の中高年たちを相手に、若者向けの生命保険の宣伝をして意味があるとは、太郎には思えない。生命保険会社の担当者たちをうまくだませている自信はなかったし、そうする必要もなかった。彼ら彼女らも、そんなことはわかっている。こういうトークショーや講演会は、企業や自治体の消化予算で催される場合が多い。大企業の場合、特にモノを作っているメーカーなどでは、広報やイベント担当の部門は、なにも生まないくせに広告代理店に無駄な金を払い続けていると、社内で軽んじられている場合もある。それらを感じとっている当の担当者たちが開き直ってしまっているケースもままあった。

生命保険会社部長の初老男性も、舞台裏のパイプ椅子に座り、つまらなそうにスマートフォンでなにやら見ている。きっと、このイベントで自分の会社に利益がもたらされなくても、家に帰りビールが飲めて住宅ローンを支払い続けられればなんでもいいと思っているのだろう。特に才能や専門性を必要としない誰でもできる仕事をやっている点では変わらないが、経営者側にいる自分とはマインドが違うと太郎は感じた。所詮《しょせん》、会社から雇われている人間は、会社組織という他人のお金がどう流れどのような費用対効果を生もうが、関係ないのだ。

トークショーが終了すると、太郎は女流棋士たちをタクシーで名古屋駅まで送り、会場へ戻った。司会者や生命保険会社の担当者たちとも挨拶し別れると、煙草を吸いたがる稲村につきあい、田乃も含めた三人で出演者用の控え室へ向かう。一応、灰皿は用意していた。ホールから完全撤収するまで、二〇分ほど時間がある。

「そこのジュースとお菓子、適当に処分していいよ。なんなら、新幹線に持って行っちゃいなよ」

太郎は、女流棋士たちが残していったそれらを指さし、田乃に言う。

「あ、ブラックコーヒー、俺にちょうだい。あとで飲む」

煙草を吸いながら稲村が言い、田乃はうなずいた。彼女はコーヒーと水だけ残すと、残りのものを紙皿ごとまとめて紙袋に入れた。

「今日は割の良い仕事だったんでしょ？」

稲村から訊かれた太郎はうなずく。

「ああ。八：二で、うちの取り分にできたからな」

スポンサーから出された資金のうち、八割をビッグシャイン株式会社が手にすることができた。普通は出演者の取り分の数割から、多くても同等額をもらうのが平均的な上限だが、相場のわかっていない初《うぶ》な出演者が相手だと、そのような配分も可能だった。

「さすがに、もっとあげてもよかったんじゃないですかね」

もう荷物をまとめ終え待っている田乃が言った。

「そのうちイベント出演料の相場を彼女にも知られたら、後々、来てくれなくなりますよ。悪い噂広められたら、余計にまずいですし」

「そうかな？　彼女の本業は棋士なんだし、主体的になにか喋りたいことがあるという人間じゃなさそうだったよ。講演会でがめつく稼ぐ人にはならないだろう。世間に出始めの一、二年の間にちょっと呼ばれるくらいだろうし、そんなの考えないで、ぶんどっちゃえばいいんだよ。こっちはこれで食ってるんだからさ」

「服だって普通の大学生みたいに安い物しか着ていなかったですし、質素な感じでしたよ。もっと渡してあげても、よかったと思うんですよね。社長なんて、ポルシェを買えるくらい儲けているんですから」

女流棋士と四歳違うだけの同じ若い女として、田乃は長時間労働で手取り一九万ほどの安月給への強い不満を、遠回しに言っているのか。

「ポルシェはね、精一杯無理して買ったの。仕事のためだよ。会社名義で買ったから、法人の節税のためでもある。法人税とかなんやかんやで四割節税できたら、キャッシュが貯まるでしょう？　そのぶん、田乃の給料にまわせるぶんが増えるかもしれないんだよ。つまり、ポルシェを買うと、田乃の給料も増えるってことなんだよ。税金の仕組みって複雑で、色々あるんだ」

稲村が煙草を吸い終えたため、三人は控え室から出る。ホールから名古屋駅までは十数分歩けば着く距離だが、タクシーは呼ばないまでも、太郎はまず田乃をポルシェの助手席に乗せ名古屋駅まで送り届けた。ホールへ戻り稲村を拾うと、帰路につく。

東京へ帰り着いたのは午前零時過ぎだった。約四時間かかった。稲村をJRの駅で降ろし、電車で帰ってもらった。機械式駐車場にポルシェを駐め、八分歩き家に着いた太郎は、一日で八時間運転したことに疲れ、シャワーを浴びすぐベッドへ入った。長距離運転の疲労はスポーツの疲労とは種類が違うと感じた。脳が疲れている。荒くなってくる自分の鼻息を聞きながら、やがて眠りについた。

目を覚ました太郎は、掛け時計を見た。午後一時を少し過ぎている。今日は月曜だが、昨日都内でPRイベントの仕事が入っていたこともあり、代休だ。用を足し、水を飲んでからスマートフォンを手に取る。メール三通の他に、新着の電話着信履歴が二件あった。同一の携帯電話番号からで、未登録のその番号に太郎はなんとなく見当がついた。メールソフトのサーチバーにその番号を入力し検索すると、請求書のPDF等に記されたその電話番号の主のメールが数十件表示された。

去年まで太郎が在籍していた5パートナーズ時代、講演料の支払いで揉《も》めた人物だ。セラピストなのか占い師なのか教育者なのか不明な、わけのわからない片仮名の肩書きの中年男だった。一時期、テレビの情報系番組なんかに出演しブレイクし、太郎も二度、企業のPRイベントと講演会で一緒に仕事をした。ところが女子高生との淫行を週刊誌に報道され、歯切れの悪い返答をしていたところ、メディアへの露出は皆無となった。イメージがすべての講演会やPRイベントで、彼に声をかける会社は一つもなくなった。

新卒採用で5パートナーズに入社した太郎は、入社一〇年目頃から、会社の資金繰りが怪しくなっていることに気づいた。まずボーナスの支給が遅れ、やがてなくなった。企業型厚生年金のかわりに、自己責任の確定拠出年金に切り替えろという指示があった。続いて給料の支払いが、さらに仕事の終わった取引先への支払いも滞るようになった。社長からの指示により会社ぐるみで、先方から送ってもらった請求書をなくしたフリをさせられ、太郎もそれに従い先方へそう伝え、支払いまでの時間稼ぎ工作をした。あまり元手のかからない事業なのになぜそんなに資金繰りが悪くなっているのかと社員同士で情報を共有し合ううちに、先代社長と二代目社長によるどんぶり会計で、数十年間にわたり会社の金がかなり私的に使い込まれていたと発覚した。社員一五名の会社にはほとんどキャッシュがない状態であったにもかかわらず、二代目社長が先代とは違うことをやりたいと、軽井沢の別荘地を活性化させるために住宅メーカー等を呼び込み自主的に開催した三日間の音楽イベントで、億を超える赤字を背負ったのが致命傷になった。

自分のいる会社は、潰れる。太郎はそれをわかっていながら、件《くだん》のわけのわからない肩書きの中年男へ講演会を依頼し、個人的には退職に向けての準備を始めた。社長と役員以外には黙ったまま、在職中から弁護士をたて会社に未払い分給料の請求をし、独立のため取引先のリストを整理したり、後輩社員の熊田へ引き抜きの声がけをした。太郎は5パートナーズが破産申請を出し倒産する数週間前に退職した。

それでも、会社が潰れてしまっては未払いについての説明をする人間もいなくなるだろうから、自分に直接の責任はなくとも、自分が担当した仕事に関しては先方に連絡しようと思った。太郎は未払いだった取引先二十数件に関し、作ったばかりの自分の会社のメールアドレスから、自身が独立した旨と、5パートナーズが潰れたこと、以後の支払いに関しては5パートナーズ側のたてた弁護士との協議になる旨《むね》、一斉送信で送った。怒っている人たちも数人いた。5パートナーズ時代に送ったメールに、太郎個人の電話番号も記されていたから、電話がかかってきたりもした。最もしつこかったのが、件のわけのわからない片仮名の肩書きの淫行男だった。四〇歳近くになり突然売れ出した独身男が、派手な生活に慣れた頃に淫行報道で一気に仕事を失い、金に困ったのだろう。

会社が潰れるとわかっていたのに依頼を出したことに関し、太郎としても多少の罪悪感はある。だからこそはじめの数回は電話やメールで対応したものの、もう、講演会が行われてから一年半も経っている。それに太郎も5パートナーズからは給料全額を受け取ることはかなわなかったため、自分も被害者だという意識があった。あの男に支払われる予定だった額は七〇万円だが、一生懸命汗水垂らして農作物を作ったわけでもなく、テレビ好きのミーハーなおばちゃんたち相手にえへらえへらと九〇分間一人で喋っただけの、ほとんど持ち出しのないものだったのだから、はじめからなかったものとして諦めてもいいだろう。それを一年半も引きずるのはどうかしている。

不幸で貧乏くさい人間の相手をしたくないな、と思った太郎は、惣田瑞恵とのメッセージのやりとりを見直した。タクシー代を手渡しする口実で、間違いなく今夜、彼女と会える。

喫茶店でベーグルサンドとコーヒーのセットを食し、しばらくスマートフォンで電子書籍を読んだあと、ジムへ向かった。自宅から近い、月額料金の安いジムだ。ポルシェが納車された一週間後くらいから、通い始めた。

プールやジャグジーはなく、人件費を削るためかいつも二人以下のスタッフしかいない。脱衣所で服を脱いだ太郎は、鏡に映る己の身体を見た。昔から太りにくい体質だったが、腹がぽっこり出ている。最近一時的に腹が出てきたなと感じていたら、気づけばその状態で五年くらい経っていた。ポルシェを手に入れたことで、意識が変わった。このままでは、昔は全然モテなかったダサい成金がポルシェに乗っているみたいになってしまうではないか。己のまるで成金おじさん予備軍みたいな体型を、嘆いたのだった。

太郎はマシントレーニングを自己流で数種目やったあと、ランニングマシンの上で走る。

週に二度は、走り込むようにしていた。おかげで通いだして一ヶ月弱だが、体重が二キロほど減った。走れば走るほど、自分もポルシェのように格好いい男になれる気がした。

帰宅し一眠りすると、身だしなみを整える。髭を剃り、ドライヤーと櫛《くし》で髪型をほとんど形作り、整髪料は少しだけつける。つけすぎると髪が束になり、毛量が減ったように見えるから要注意だ。化粧水を両手でつけながら見る己の顔は、子供の頃から額が広めで、目が細い。ジャケットを羽織り、オーダーメイドで作った踵の高い革靴を履き、五時半過ぎに家を出た。

太郎は会社のある南青山近辺で、知っている中から雰囲気の良いレストランを選んだ。国内の高級ホテルで腕を磨いたシェフがやっているイタリアンベースの小さなレストランで、ビルの一階にある。太郎は六時前に着き、予約していた席に座った。惣田瑞恵の姿はない。

タクシー代を払うから会いたいというメッセージを太郎が送ると、惣田瑞恵は今日の午後六時がいいと指定してきた。彼女からすれば振込先の銀行口座を指定する手段もとれたはずだが、そうしてこなかったのは、それなりに優しい性格だからだろう。一度会ったくらいで気を引けるほど自分が魅力的な男だと、太郎は思っていない。だからこそ、そんな男に時間を割いてくれる女性は、時間をかけたり、タイミングさえよければ、どうにかなるかもしれない。

ドアの鈴の音が鳴った。振り返ると、デニムカラーのゆるめのスカートに白い長袖シャツを着た細身の女――惣田瑞恵が歩いてきた。

上座《かみざ》に座ってもらい、すぐに飲み物のメニューを渡した。

「ジンジャーエールで」

「お酒じゃなくていいの？」

「このあと、仕事なんです」

ワインでも頼もうとしていた太郎は、惣田にあわせ、軽めのミモザカクテルを注文した。つまめる料理もいくつか注文する。この店だけで二、三時間はかけてゆっくり食事をしようと思っていただけに、興を削がれた感は否めない。仕事のために出かけるついでとして、この時間を指定されたわけか。

「忘れないうちに、タクシー代払っちゃうよ」

太郎が言うと惣田瑞恵は財布からレシートを抜き取り、テーブルの上に出した。辻堂の実家までの深夜料金で三万円は覚悟していた太郎だったが、レシートに記された金額は、たった二八〇〇円だった。

「実家まで乗らなかったの？」

「品川から、最終の電車になんとか乗れました」

店を出た直後に変な男から強引に腕をひかれ嫌な思いをし、心身疲れた状態ではタクシーで帰ったほうが楽だったろうに、電車に乗ってくれたとは。良心的だ。それにレシートも捨てずにとっておいてくれるとは、気が利く。確定申告で使えるから、二八〇〇円に対して約四割、一一〇〇円ほどが戻ってくる。太郎は三〇〇〇円を渡した。

「実家まで乗ってもらっても大丈夫だったのに」

「アプリで検索したら電車ありましたし、またタクシー代を多くいただくのも、なんか」

「気を遣わせたね。店出たとき、あの変なおじさんから、誘拐まがいの絡み方されてたでしょう？　嫌な思いさせちゃったなって、気にしてたんだ」

「あの人、突然酒癖悪い感じになりましたよね。でも、大丈夫です。麗華ちゃんから、そういうこともある飲み会だって言われてたんで」

少し息の混じった細めの声で言った惣田瑞恵は、ジンジャーエールを一口飲んだ。

「ギャラ飲みは、あまり行ったことないの？」

「あの日が二度目くらいでした。麗華ちゃんと合コンめいた飲み会には行ったことが何回かあって、そのうちの一回も、今考えたらギャラ飲みだったのかもしれないですけど」

「そう。ところで、このあと仕事って言ってたけど、ここを何時に出れば間に合う？　タクシー出すよ」

「八時までに神泉集合なんで、七時半に出れば大丈夫です」

「芸能の仕事って、そんな夜中から始まったりもするんだね」

「映画の衣装合わせだけです。監督が他の現場での仕事を終えてからになるんで」

「そうなんだ。麗華は行かないの？　あの子とはドラマのオーディションで知り合ったんだよね」

「さあ。麗華ちゃんはそもそもオーディション受けてなかったんじゃないですか」

「ほら、就職活動の場合、テレビ局とか人気企業の最終まで進む人たちって、どこに行っても顔見知りだったりするらしいからさ。芸能のオーディションもそうなのかと思って」

「就活とは全然違いますよ。ちょっと綺麗な若い女の芸能人なんて腐るほどいますし、毎年、新しい人が生まれてきますから」

新しい人が出てくる、ではなく、生まれてくる、という表現をしてきたことが太郎には気になった。たしか彼女はまだ二三歳だ。芸能活動に脂がのるのは、これからだろう。しかし「生まれてくる」とは、毎年生まれてくる新生児のうち容姿に秀でた者たちが一〇代後半くらいで自然と芸能の世界に入ってくるから、その膨大な数のライバルたちの中からオーディションを勝ち抜くのは難しいのだ、ということを一瞬でわからせる言い方だった。

「それでも、今年に入ってから、ドラマとか色々出てるんでしょう。才能があるんだよ」

「ありがとうございます。ちょい役が多いですけどね」

出された料理を食べながら、彼女がどんな仕事をこなしてきたのか、太郎は話を聞く。

「すごいなあ」

「仕事もらえればいいこともありますけど、ずっとオーディション受けてばかりですからね。三日前とか、ひどいときには前日に突然マネージャーからオーディションの知らせを受けて、バイトとか遊びをキャンセルして行くんですよ」

「前日ってひどいね。非常識な人たちだ」

「それが普通なんです。超売れっ子ならともかく、テレビによく出て顔と名前が知られてるレベルの子でも、突然オーディションに呼ばれたりしますよ。だからみんな、どんなに売れてなくても、旅行に行けないんですよ。沖縄に行った当日に、明日東京でオーディション受けてと言われたりしますから」

「美人の人たちが旅行に行けないなんて、意外」

「若い女のことを、みんななめてかかってくる業界なんです」

使う側の立場にいるだけの理由で、惣田瑞恵のような美しい女性たちを自分のスケジュールでふりまわすプロデューサーや監督や演出家といったおじさんたちに対し、太郎は嫌悪感を覚えた。

「旅行に行きたいと思ったりするの?」

「しますよ。ヨーロッパとか、台湾とか」

「台湾くらい行けるんじゃない」

「近くても、飛行機に乗らなきゃいけないですからね。国内だったら、突然翌日のオーディションや仕事を入れられても、地続きでどうにか行けますけど」

「国内で行きたいところある?」

「うーん、温泉ですかね。熱海とか」

温泉地と、海沿いの道が想起されたところで、太郎は素晴らしい案を思いついた。

「温泉くらい、行けるって。行こうよ、一緒に」

提案を受けた惣田瑞恵は、なんともいえないというような曖昧な笑顔を見せた。

「もちろん、日帰りで」

太郎は慌てて付け足した。

「実はさ最近、車を買ったんだよ。ドライブする口実がほしくてさ」

「えー、いいですね。車買ったんですか」

「ポルシェをね」

「へえ、すごい。高そう」

わりと抑揚のない言い方でそう口にした惣田は、おかわりしたジンジャーエールを飲む。

「ポルシェっていっても最近は安めのカイエンやマカンとかのSUVが増えてるけど、実質2シーターでオープンカーの911を買っちゃったんだよね、この時代に。車なんて一〇年くらい乗ってなかったのに、なにせ格好良くてさ。一目惚れで」

「オープンカーですか。そんなの乗ったことないです」

太郎は目の前にいる若い女性が、911どころかポルシェについてもよくわかっていないことに気づいた。

「瑞恵さんは、辻堂でしょう。車持ってないの?」

「家にコンパクトカーがありますけど。フィットっていうんですかね、親が運転するだけで私は運転しないです」

「免許は取ったんだ」

「大学生の時に」

「辻堂に住んでる人って車にこだわる人が多いっていう勝手な印象があるけど、お父さんは違うんだね」

「はい。昔はバイクに乗ってましたけどね。今は、仕事のつきあいで行ったりする地元のスナックが楽しみみたいです」

「スナック？　お母さん怒ったりしないの？」

「地元の人の店に行くって感じなので、母も一緒に行ったりしますよ」

「っていうか、まだお父さん、働いてるんだね」

太郎はもう一〇年近く前から年金暮らしになった自分の父親のことを思いだし、惣田との年齢の差を感じた。

すると、惣田瑞恵がスマートフォンをテーブルの上に出し、スクロール操作でなにか探し始めた。そのスマートフォンの液晶ディスプレイには、上半分を中心に蜘蛛の巣のような形の大きな罅が入っている。

「ほら、これがお父さんです」

見ると、スナックらしき暗めの照明の空間で、黒々としたオールバックにスクエアの眼鏡、白いトレーナー姿の中年男性が、マイクを持ち少し斜め上を向いていた。

「お父さん、若いね」

太郎は、髪が多いと思った。

「お父さん面白いんですよ。私将来、お父さんみたいな人と結婚したいです」

「今、つきあっている人はいないの？」

「はい。三ヶ月くらい」

聞くと、三ヶ月前まで約二年間交際していた相手は、ファッション誌業界では有名な四〇代後半のベテランカメラマンらしかった。自分の父親の年齢と、五歳しか変わらなかったという。

太郎は、自分にも勝機があると思えてきた。惣田瑞恵は、彼女自身と同年代で容姿端麗な男が好みというわけではないらしい。大人としての中身をちゃんと伝えられれば、うまくいく。たとえば、自分の会社を作ってしまうほどの行動力があり、それなりに稼いでいることの象徴であるポルシェ911で、彼女があまり行けていない旅行をするとか。

ドライブへと話を戻し、温泉地にある男女別の温泉施設にでも日帰りで行こうと太郎が熱心に提案すると、オーディションや割の良いアルバイトが入ったりするから行けるかわからないと惣田瑞恵は言った。

「わかった。オーディションなら仕方ないけど、ちょっと割の良いアルバイト程度だったら、俺が、その数倍の額をあげるよ。タクシー代として」

「え、そんなこといいんですか」

すると惣田瑞恵も、スケジュールさえあえば行く、と言ってくれた。

「でも、行ける日がわかるの、二日前とか前日になっちゃうかもしれませんよ」

「大丈夫。一応、俺は社長だから。瑞恵さんのためなら、どうにかして時間作っちゃうよ」

惣田がトイレへ行ったところでブレゲを見ると、もうすぐ七時半になろうとしていた。勘定《かんじょう》を済ませた太郎は、手持ちぶさただったため、ディオールの薄いショルダーバッグからスマートフォンを取り出す。電話の着信通知が一件、入っていた。ITベンチャー社長の澤木氏からだ。急ぎでギャラ飲みのセッティングでも要望してきたのかと思い、かけ直す。

「大照です、すみません澤木さん、さきほどはお電話に出られなくて」

――大丈夫です。わざわざ折り返しありがとうございます。

「あの日、二次会に行った後、どうだったんですか？　楽しまれたんですか？」

――まあ、それなりに。それは今度話しますよ。

澤木社長の笑みが、声から想像できる。

「なにかのご接待でしょうか、また、お急ぎで開催されますか？」

――いや、違うんですよ。実はですね、先日同席させてもらった黒木さん、あの人がですね、大照さんに会いたがっているんですよ。

「俳優の彼ですか？」

――じゃなくて、コンサルタントの人。僕より年上の。

そう言われ太郎は、酒癖の悪かった自称コンサルタントの五〇年配の男が自分に会いたがる理由が思いつかなかった。

「ご自身でも、ギャラ飲みを開きたくなったんですかね」

——どうなんだろうね。たぶんそうなんじゃないかなぁ。

太郎は、惣田瑞恵の腕をつかみまるで拉致のようにタクシーへ乗りこもうとしていた黒木のことを思いだしている。飲んでいる最中は仏頂面で静かだった。

「澤木さんは、黒木さんとどちらでお知り合いになられたんですか？」

——僕もね、あまりはっきりとは覚えてないのよ。直接的な仕事のつきあいではないんだけど、なにかのレセプションパーティーで紹介されて、その場に来ていた綺麗なモデルちゃんたちを見ながら世間話していたら、ギャラ飲みの話になったんだよね。

それを聞いた太郎は、自分の連絡先を伝えることを了承した。電話を終えたタイミングでトイレから惣田瑞恵が戻ってきたとき、少し遅れてなにかとても嫌な予感がした。

「お仕事の電話でした？」

「半分仕事かな……この前の飲み会で、瑞恵さんに拉致まがいのことをしてきた男がいたでしょう。あの人が、俺に会いたがってるんだって」

「え、揉めたんですか？　私を逃がしてくださったから……ごめんなさい」

「いや、あれは仕切り役として当然のことだし。それに瑞恵さんのためなら、あれくらい。そのかわり、ポルシェで行くドライブ、約束したんだからちゃんと来てよ？」

「ええ」

時間になり、立ちあがった惣田瑞恵と店を出た太郎は、大通りに出てタクシーを待った。隣に立つ惣田は、細身ではあるが高身長のモデル体型というわけではなく、一六〇センチちょっとくらいの背丈がちょうどいい。太郎は、この女性をなんとか自分のポルシェに乗せたいと思いながらタクシーを停め、後部座席に乗りこむ惣田に、神泉までのタクシー代として三〇〇〇円を渡した。

午後一時半から開始となるトークショーの講師出迎えのため、太郎は竹崎と一緒に千代田区大手町のビルの駐車場出入口で待機していた。やがて、黒い国産ミニバンが入ってきた。事前に教えてもらっていたナンバーと一致する。メッキがかった大径アルミホイールなど、少しだけカスタムが施されていた。駐車スペースへ竹崎が誘導し、後ろのスライドドアが開き出てきた四〇代女性タレントに、太郎は深々とお辞儀する。駐められた事務所のミニバンの斜め向かいには、太郎が乗ってきたポルシェ９１１が駐めてある。

クライアントを交えての打ち合わせにも、一六歳のアイドル時代から芸歴の長い女性タレントは、嫌な顔一つしないどころか、笑み混じりの丁寧な受け答えをする。その態度を間近に観て太郎は、数年以内にちょっと売れ出した態度の悪い他の登壇者たちも彼女を見習えと思った。やがてクライアントと司会者が控え室から去り、不足のものはないかと訊いたついでに世間話をしているうちに、太郎は気になっていたことを女性タレントに訊いてみた。

「こういったお仕事の現場へは、AMG GTではなく、事務所のお車でいらっしゃるんですね」

太郎は事前にインターネット動画サイトにアップされていたいくつかの動画や記事から、女性タレントが一九歳で免許を取得して以降、日産スカイラインやジャガー、マセラティ、フェラーリ等、スポーツカーを中心とした数々の高級車を乗り継いできたことを知っていた。

「いえ、あのVOXYは自分の車です。いかにも事務所の車みたいですけどね」

「え、そうなんですか」

「ええ。AMGは一昨年売っちゃいました。今日みたいにマネージャーに運転してもらう時は、ああいった車が便利ですよ。ロケ先で個室みたいにも使えるし」

てっきり、AMG GTから他のスポーツカーにでも乗り換えていると思っていた太郎としては、意外だった。早くに名声を得て、一〇代後半から色々と刺激的な車を乗り回してきた人は、二〇年も経てば車遊びを卒業し、国産の箱形大衆車で満足できてしまうようになるのか。太郎はそこに人の欲望のありかたの変遷に関する真実を見た気がしたし、自分に関してはもっと生き急いだほうがいいとも感じた。

ポルシェに飽きるくらい、色々な楽しい経験をしなければならない。今からそれらすべてをかなえるために、寿命が足りるだろうか。太郎は焦る気持ちになる。自分に権力や金があれば、面倒なことはぜんぶやらずに済み、たとえば保険適用外の最先端医療の恩恵にあずかったりして健康寿命を延ばし、欲望をぜんぶかなえることも可能だろう。

大会議室でのトークショーが始まると、太郎は熊田と竹崎の二人と最後部の席に座り、スマートフォンで各SNSをチェックした。写真投稿SNSのインスタグラムでは、大学のイベントサークル時代、しょっちゅう人の悪口ばかり言いアニメが好きで美容整形もしていた後輩の女が、モロッコのタンジールの海辺で水着にサングラスの格好の写真を投稿していた。三三歳にもなってなにをやっているんだと太郎は思った。一〇年以上前の彼女を知っている者なら、その写真の偽られた雰囲気をすぐさま感じとってしまう。おそらく彼女としてはこういう世界観の人生や人格が形成されてほしいと思っていて、ネット上の他人にもそれを無理矢理共有させようとしている。しかし、世界の果てのようなタンジールの海でサングラスをかける世界観の人間でないことを太郎は知っている。秋葉原や中野でアニメのグッズを買い、セックスを覚えたての頃にサークル内の何人もの男たちとヤり、夏休みや冬休み明けには顔のどこかが変わっていたような性格だ。あるいは、自分と一緒に過ごした二〇代前半のごく数年間だけが彼女にとっては過渡期で、今は本当にタンジールでサングラスの人間みたいな中身になったのか。太郎にはわからないが、彼女のような投稿をする人はSNS上で珍しくないから、明日には忘れてしまいそうだと感じた。

フェイスブックの画面右上部にある新着お知らせ欄をチェックすると、太郎が数日前に投稿した日記に対しコメント等が寄せられているのがわかり、詳細を見ると、流野唯からのコメントもあった。太郎はその場で姿勢を正した。日記の内容は、休みの日の早朝、お台場まで行き潮風公園駐車場で撮ったポルシェの写真とごく短い文章である。

〈ポルシェでお台場!! 格好いいー〉

東京に戻ってきた流野さんをSNS上でも見かけるようになって以降、彼女が太郎の投稿へコメントをくれたのは初めてだ。太郎は、今の自分を認めてもらったような気がして嬉しくなり、憧れの流野さんからのコメントに対する返事を打った。

〈今度乗せてあげるね(笑)〉

そのコメントは、他の者たちにも見られる。だから込み入った内容ではなく、少し茶化しているような、それでいてその茶化しの雰囲気を利用した本音を太郎は込めた。

トークショーを終え撤収作業も終えると、土曜日ということもあり今日はもう帰る部下たちと別れ、太郎は一人で駐車場に向かった。ポルシェに乗り、スマートフォンのカーナビアプリで、新宿歌舞伎町近辺のコインパーキングを目的地として定める。あまり気乗りがしなかった。夕方から、自称コンサルタントの黒木と、彼の会社の事務所で会う約束だ。惣田瑞恵をタクシーで拉致しようとした悪人面の男から、ギャラ飲みの斡旋《あっせん》を頼まれるのだろうか。そうではなくて、あの日惣田を逃がしたことに関する恨みを晴らされでもしやしないか。

行かないという選択肢もある。そうすれば、あの悪人面の黒木とも今後一切関わらずに済む。しかし誰にでもできる仕事をやっているだけで空いた時間になにかしらのスキル向上に努めたりするわけでもない暇な太郎は、普段会わないタイプの人間に興味をひかれているのか、吸い寄せられるようにポルシェで目的地へ向かう。このあとなにが待っているかはわからないが、己に自信を与えてくれるポルシェという旅の乗り物と一緒なら、どこへでも行ってやろうという気になれた。

駐車場が混雑しており新宿三丁目に車を駐めた太郎は、歩いて歌舞伎町へ向かった。てっきり、ビルの上から下まで水商売の店がテナントで入っている毒々しい看板が並ぶエリアにでも位置しているのかと思っていたが、普通の雑居ビルや古いマンションなどが多く並んでいる区画に、黒木が指定した事務所はあった。一階に狭いエントランスと集合ポストのある古いタイル張りのビルで、エレベーターのボタンを押すと「チン」という古びた音をたてて、茶色いドアが開いた。四人くらいしか乗れないようなエレベーターに乗り、最上階の五階のボタンを押す。息苦しい空間は物凄い速さで上昇し始め、伝わってくる振動から、自分が人ではなく運搬物のように扱われているように太郎は感じた。

チン、という音とともにドアが開くと、目の前にいきなりデスクやソファーが見えた。フロアへ降り左手のデスクに、スラックスにシャツ姿の黒木がいた。

「大照です」

「どうも。すみませんね、お呼びたてしてしまって」

椅子から立ち片手をあげ挨拶してくる黒木の顔には笑みがあり、目尻や口元の笑い皺が日焼けした肌の上で際立っている。がらんとした事務所内に他に人気はない。

「土曜だから、人いないんですよ。せっかく来ていただいて悪いんだけど、店に移動しましょう」

　夏用みたいな薄手の紺色のジャケットを羽織った黒木に促され、太郎はエレベーターに乗る。自分より頭半分ほど上背がある大柄な黒木と古く狭いエレベーターに乗るのは気詰まりだったが、太郎としても当初よりは緊張感も解けていた。天気の話をしてきたりと、日暮れ前に素面《しらふ》で会う黒木は意外なほどに柔和な人間だ。

　屋上にゴジラの上半身がつきだしているTOHOシネマズのビル近くのレストランに、案内された。わりと明るめのカジュアルな内装で、ビールジョッキをまとめて運んでいるウェイターがすぐ近くを通る。黒木が店員に話しかけると、奥のボックス席へ通された。どうやら、黒木の店らしかった。

　ビールを注文した黒木に促されるも太郎は、車で来たからとノンアルコールビールを頼む。

「こんな立地でお店をやられているなんて、すごいですね」

「ここは去年開いたばかりで」

「他にも、お店をお持ちなんですか？」

　聞けば、定食屋、レストラン、居酒屋、ワインバー、キャバクラ、ホストクラブ、ネットカフェと、一二軒の店を歌舞伎町一帯で展開しているとのことだった。

「昼、夜、早朝の需要を、ぜんぶまわすような経営をしているんですよ」

「歌舞伎町って、厄介事も多そうなイメージですけど。そんなところで一二軒も経営って、すごいですね」

「いや、自己資金は少しで、まだ回収できてない。それによく勘違いされるけど、店を拡大していくって、武将が領土を拡大していくみたいに思ってるでしょう?」

「はい」

「実際のところは、自分のところで徐々に増えてくる社員たちの中で、古参を出世させなくちゃならないから、そいつらの居場所を確保するために、新たに店を開いているという感じ。頑張ってくれている連中に対し、昇給させないで切り捨てるような経営はできないでしょう。結果的に、戦国武将の領地拡大みたいになっちゃってるけど」

ずいぶんとイメージとは違うものなんだなと太郎は思った。

「大照さんも経営者じゃない。そういうビジョンはないの?」

太郎は自分の会社の事業内容を、あらためて語った。そして、前回の女性たちを交えての飲み会では仕切り役であり本業のことなどろくに話していなかったから、黒木に対し具体的に説明するのは今が初めてだと気づいた。あるいは、ITの澤木社長が事前に詳しく話していたのだろうか。そうでなかった場合、わざわざ人を呼び出してまで黒木がしてくる話の内容に、自分は応えられないかもしれないと太郎は思った。店を一二軒も経営している凄腕経営者が、電話で済むようなギャラ飲みの斡旋を今さら頼んでくるとも思えない。

以前、黒木は自分の職業をコンサルタントだと言っていた。しかし今日の話を聞くところろ、れっきとした経営者だ。自分の会社をコンサルティングしている、という意味なのだろうか。

かかってきた電話に、黒木はあたりまえのように出た。なにか業務に関することをやりとりしている。小学校の先生みたいに文節の途中で間をおいたりと、強面の経営者のイメージとは反対のような話し方をする。なにかを指示しているようだが、顔には柔らかさがある。やがて黒木は通話を終えた。

「で、さっきの続きなんですが、うちの会社で、とあるイベントを開こうと思っているんですよ」

「はい」

「ただ、そのようなスキルをもっている人間が周りにもいないんで、大照さんの会社に色々頼めればな、なんて思っているんです。イベント運営だけでなく、PRやキャスティングもやられているんでしょう?」

「ええ。ただ、私どもの会社では、企業や地方公共団体の消化予算のイベントですとか、それほど新しいやり方をしないでも済むような無難な案件ばかり取り扱っているため、ご期待に応えられるかどうか……」

「人の話は最後まで聞けよ」

突然の遮りに、太郎はどうにも反応できなかった。やはり堅気の世界の人間じゃない。

「義援金フェスティバルを、開きたいと思っているんだよ」

ポルシェのエンジンをかけた。車内にいても鳴り響いてくる始動のエンジン音に、漫然と続いていた太郎の眠気も醒めた。

俺はこれからこのポルシェの助手席に、美女を乗せに行く。

クロノメーターの中のデジタル時計が七時ちょうどになった時、太郎はアクセルペダルを踏み駐車場から公道へ出た。

一一月の朝は、このポルシェを買い早朝ドライブに行っていた頃より、少しだけ暗い。天気は晴れだ。これからいったん南下し辻堂まで惣田瑞恵を迎えに行き、その後で北上し草津温泉を目指す。

渋谷から首都高に入り、東名高速へ合流する。太郎は高速道路が好きだ。中でも、東名高速はお気に入りだ。朝の下りは混んでおらず、飛ばしている車が多い。スピードを出せる、というのが重要だ。太郎は決して、スピード狂ではない。会社等失うものを多くもっている大人として、時折ぴったりと後ろにつけてあおってくる古いスカイラインだとか暴走気味の軽自動車なんかには、簡単に道をゆずった。失うものをもっていない、人生が鬱《うっ》屈《くつ》していて仕方ない雑魚《ざこ》みたいな人間ほど、審判がおらず勝ち負けも不明で不毛な小さい勝負で勝ちにいこうとする。日々の生活の中で、他に勝てそうな局面を見いだせないからだ。自分の会社をもち、ポルシェ911カレラカブリオレを買い、なんといってもこれから惣田瑞恵という美女とデートを楽しもうとしている太郎は、世間大半の人々には大きく勝っているから、小さな勝負で勝たなくてもいいと思っている。

大らかな気持ちでの運転を心がける太郎だったが、精緻《せいち》なドイツ製工業製品であるポルシェを自然に走らせようとすると、スピードを出さざるをえなかった。アクセルペダルに軽く足を乗せ、体感的にリラックスできる程度のスピードで走っているときにスピードメーターを見ると、だいたい時速一二〇キロくらいだった。一〇〇キロ、ましてや八〇キロなんかに抑えようとすると、アクセルペダルにほんのわずかしか力を加えられないため、かえって右足が疲れる。変に浮かせっぱなしの右足を疲れさせ咄嗟のときに反応できないよりマシだろうと、太郎は車にとっての自然な速度である一二〇キロ台で走り続ける。下道だと、ポルシェをこういうふうに最適な速度で走らせることができない。

東京からちょっと離れただけで、もう少し行けば、山々の連なりの中に富士山が見えてくるはずだ。太郎はポルシェでもう何度か東名高速を走ったが、それで東京からの富士山の近さを知った。東海道新幹線に乗る際に富士山など何度も見慣れているが、角度の関係で小さな窓から真横にごく数分間しか見ることのできないそれとは違う。自分で車を運転すると、フロントガラス越しの進行方向に、大きなシルエットの富士山を長い時間見ることができる。東名高速は高架の上にわたされているためか視界に遮るものがなく、心が晴れるようなすがすがしさをもたらした。新幹線で見慣れていた、霧に包まれた暗い印象の富士山を、違った角度からくっきりとしたものとして見られたことからも、太郎はポルシェを買って本当に良かったと思った。ああいう風景を知らずに死ぬのは、不幸だ。助手席に座っていてもたぶん同じようには見えなくて、ある程度緊張感を保ち運転しながらでないと感じられない風景の美しさがあるのだと知った。

あっという間に、高速道路区間を終えてしまった。下道に出て、異様にゆっくりとしか流れない風景に脳を慣れさせながらしばらく行くと、住宅街の中のカーナビが示す場所に着いた。表札を確認すると、「惣田」とある。勝手な想像で、海に近い辻堂の一軒家というと、庭も広くアウトドアの趣があるものだと太郎は思っていた。茨城や埼玉や東京郊外にもありそうな、なんの印象にも残らない、白壁で焦げ茶色の屋根の建売住宅だった。自分の実家と同じくらいの古さで、築二十数年か。

家の前に着いたというメッセージを惣田瑞恵へ送り、太郎はポルシェのエンジンを止めずに彼女を待ちながら、惣田が本名だったのだと気づいた。時計を見ると、八時一五分だ。ふと、閉じたままでいた電動ルーフを、ボタン操作でオープンにした。顔だけ外の冷気にふれるが、首から下は閉じているときとさして変わらない。ともかく非日常性のインパクトが大事だ。芸能人になるような美女だったら、家の前までオープンカーで送迎してもらったことがこれまでにあってもおかしくないが、この実家の感じだったらそういうのはなかったんじゃないかという気が、太郎にはしてきた。

やがて家のドアが開き、惣田瑞恵が出てきた。ベージュの、ウェストにリボンのついたミリタリーテイストのシャツワンピースを着ている。どこにでもある、いかにも実家みたいな一軒家のドアから出てきた惣田は、凡庸な住宅街の風景を歪ませた。それほどまでに彼女は、非凡な美しさを秘めた女性なのだ。太郎は運転席から出て助手席のドアを開けた。

「おはよう」

「おはようございます」

薄めではあるがきちんとメイクの施された顔で微笑《ほほえ》まれ、太郎は少し緊張すると同時に、妙な自信も抱いた。女性はどこへ行くにもメイクをするのかもしれないが、もとから美人の女性が、わざわざメイクアップをし、お洒落に着飾ってくれている。少なくとも、コンビニや病院の受診に行くみたいな気の抜き方ではなく、ポルシェで行く日帰り温泉ドライブで、いい格好をしようと思ってくれたのだ。

「オープンカー、すごーい。こんな住宅街では目立ちますよ」

「さあ、乗って」

キャンバス地のローカットスニーカーを履いた惣田瑞恵が助手席に乗りこむ際、先に車内へ入った右足と尻から遅れて引き入れられる細い左脚が、魅力的だった。またポルシェの新しい面を知ったと太郎は思った。彼女のように若く美しい女性が綺麗な流線型デザインのポルシェに乗ると、双方の魅力がこんなにもひきたてあうのか。

運転席へ戻った太郎は、持ち手が革製の白い帆布《はんぷ》バッグを膝上にのせている惣田へ、荷物を後ろに置くことをすすめた。彼女はスマートフォンだけ取り出し、バッグを後ろに置いた。二二〇キロ離れた場所にある草津温泉を目指し、太郎はアクセルペダルを踏んだ。

しばらくは東京方面へと、来た道を戻ることになる。草津温泉へは恵比寿の自宅から直接向かったほうが近く、南下して遠回りしたわけだ。太郎はポルシェを、それも惣田瑞恵のために運転するのが嬉しくて仕方なかったから、そんな遠回りも面倒には思わない。

徐々に日が高くなってきて、快晴の空の下、絶好のオープンカー日和といえた。

「いつもこんなに早くは起きない？」

「大学卒業してからは、一〇時くらいが多いですね。でも、モデルの仕事とか遠くで撮影がある日なんかは早朝に家を出たりもするので、早起きは珍しくないです」

「そうか。自然光があるうちにやる仕事が多いだろうしね」

「はい」

高速道路に入ってすぐのあたりで、太郎は惣田がセミロングの髪を顔にかかるようにしたり、シートへ深く座り顔の角度を下向き気味にしていることに気づいた。

「ひょっとして、日差しが気になる？」

「ええ。ちょっと日差し強いかなぁ、って」

「ごめん、女優さんだもんね。屋根閉めるよ」

一二〇キロ台で真ん中の車線を走っていた太郎は、ポルシェの速度を落としながら左車線に移る。ノロノロと進んでいる大きなトラックの後ろにつき五〇キロほどにまで減速し、ボタン操作でルーフを閉め、再び加速した。

「自動で閉まった、すごい……ありがとうございます」

日光を気にしなくてよくなった惣田は自然なシートポジションに座り直した。太郎は一つ学んだ。外見を売りにしている綺麗な女性を乗せるとき、オープンカーのルーフを、日中は開けてはいけない。抱いていたイメージと少し違った。夕方以降の、夜景が綺麗なシチュエーションでだけ、それも許されるのだろう。

ルーフを閉じると、いいこともあった。外界から遮られ、静かな車内空間ができあがる。オープンにしていると、声を大きめにしないと隣の人とも会話ができないが、閉じていると普通に会話ができる。そのぶん、なにかしゃべったり、相手が寝たがっているかどうかを推し測らなければならないが。この日のために、太郎はカーオーディオに繋いで楽しむ目的でスマートフォンへ様々な音楽を入れてきたが、カーナビアプリを使用しているうえに自分で運転すると選曲操作も難しく、もっぱらFMラジオをかけたままだ。

草津温泉に着いたのは一一時半過ぎだった。宿泊客の他に日帰り客も多いらしく、施設の駐車場には車が沢山駐まっている。太郎たちがポルシェから出たあと、すぐ近くに冷蔵庫みたいな四角い車が駐まり、子供たちが何人も出てきた。冷蔵庫から出てきた新鮮な生肉みたいに見えた。

温泉施設の風呂は男女別だった。それぞれ風呂から上がったら、予約してある個室の休憩部屋に集まることにし、太郎は惣田と別れる。広い露天風呂につかり外の景色を眺めながら、運転によるわずかな身体の凝りをとった。

太郎が浴衣を着て個室へ入ると、すでに惣田瑞恵が和室の座椅子に座っていた。彼女も浴衣姿だ。和室の内装は、明るめの木を使用し所々ウレタン樹脂加工を施されている、ファミリー向けのカジュアルな雰囲気だった。インターネットの写真からの判断では、もう少し渋い雰囲気の部屋のように見えた。天井のシーリングライトも白くて明るい。食堂で食事をし、部屋に戻ると布団を二組敷いたが、昼間の明るい部屋の中ではなにかをするような雰囲気にはならない。誤算だった。二人とも別々の布団で仮眠をし、起きると再び入浴し、午後二時半過ぎにはポルシェで帰路についた。

二時間弱走り、東京都内まであと少しというところで寄ったサービスエリアで、二人そろってソフトクリームを食べる。

「このあと、銀座にでも行って食事しようか」

「いいですね。行きたい」

太郎は、まだチャンスがあると思った。草津温泉の休憩部屋ではなにもできなかったが、東京で、挽回《ばんかい》できるかもしれない。湯冷めもありついさっきまで眠気に襲われていたが、それも醒めた。再びポルシェを運転した。

五時半過ぎに銀座へ着いた。赤信号で停止したタイミングでカーナビアプリを操作し、満車表示だらけの中、かろうじて空きのある駐車場に目星をつける。そしてふと、ルーフを開いてみた。周りの人たちの視線が集まったのを、太郎は感じた。自分一人でポルシェに乗っている時とは違う。助手席に惣田瑞恵という、遠くから薄暮の中でも美人とわかる女性が乗っているからだろう。

銀座の西側にある三〇分三一〇円の地下駐車場に車を駐めた。五時四五分で、夕食にしてはまだ早かった。

「百貨店で時間潰そう」

惣田瑞恵となんとなく百貨店方面へと歩きながら太郎は、今この瞬間が自分の人生のハイライトなのではないかと感じた。否、これは成功した男の人生の、始まりに過ぎないのか。そうであってほしい。美しい女性とポルシェで銀座までやって来てショッピングする、そういう書き割りみたいな理想像には、実現できそうな人間しか憧れを抱かないのだと知った。少なくとも一昔前の太郎は、そんなものには微塵《みじん》も憧れていなかった。公共交通機関の発達した東京に住んでいながら車を持つ者は、馬鹿だとすら思っていた。

惣田に連れられるまま太郎は百貨店内をまわり、外に出ると外資系ブランドの店いくつかに入った。その間にスマートフォンで、食事する場所を探す。つい最近になって急に金回りのよくなった身だから、雰囲気の良いそれなりの価格帯の店のことなど全然知らない。ギャラ飲みでは数店を使いまわしているだけだ。少し遠いが、マンダリンオリエンタル東京のレストランなら間違いないだろうと太郎は思った。電話して問い合わせてみると空きがあったため、そのまま予約した。

「なにか買ってあげるよ」

「え?」

鞄を見ていた惣田は、太郎からの提案に驚いたようだった。

「散々ウィンドウショッピングさせて、なにも買わないっていうのも。高額だと気がひけるだろうから、そうだな……一〇万以内なら、いいよ」

「本当に、いいんですか？」

突然の提案に心底驚いている様子だが、両目は演技では難しいほどに大きく開ききらきらと輝いていて、太郎はそれを見られただけで幸福を感じた。自分は、この女性に対してこういう目をさせることができるのだ。自分の小さい目も今、彼女のように喜びで満ちあふれているのではないか。

惣田はしばらく悩んでいたが、再び百貨店に戻ると、ヴィトンでもグッチでもプラダでもブルガリでもない、太郎の知らない横文字ブランドの時計を選んだ。税込み九万九三六〇円を、太郎はカードで支払った。

「本当にありがとうございます。嬉しいです」

惣田瑞恵は何度もお礼を言った。何ヶ月か前から気にしていた時計らしい。商品の入った紙袋を提げ嬉しそうにしているその様を見て、太郎は子供だった頃の妹を思いだした。誕生日やサンタクロースのプレゼントで自分の欲しい物をもらった時、一〇歳頃までだろうか、妹は泣く寸前の表情で大喜びしていた。惣田の喜び方には、あれに近いものがある。

子供の頃からつい最近までの太郎は、物をもらったくらいで大喜びする人の気持ちがよくわからないでいた。しかし今、喜んでいる惣田に接して、それを自分のことのように喜んでいる。おそらく、つい最近自分がポルシェを買ったからだ。一世一代の大きな買い物をして以降、用事もないのにドライブへ出かけたり、社員をむりやり乗せて仕事先まで行ったりと、三五歳にして男児みたいな行動をとっている。だから、とっておきの買い物で気分が上がっている人の気持ちを、自分のことのように理解できるのだ。

「じゃあ、マンダリンに行こうか」

「はい」

タクシーに五分ほど乗りマンダリンオリエンタル東京へ行き、三七階のフレンチレストランへ入った。太郎は惣田と同じスパークリングワインを頼んだ後で、自分は銀座まで車で来たのだと思いだした。すぐに駐車料金のことが頭に浮かぶが、今さら注文を取り消すのは野暮だし、それに炭酸の冷たい酒が飲みたい気分だった。それくらいには運転や入浴で疲れていた。

酒と料理を口にしながら話しているうち、惣田瑞恵には草津の温泉街より、東京の外資系ホテルのレストランのほうが似合っているなと太郎は思った。たぶんいくら美人でもまだ若い彼女は、こういうもてなしを受けることに慣れていないからだろう。温泉街へは、子供の頃にでも家族と行ってきたはずだ。新鮮な体験に喜んでいる姿は、輝いて見える。

共通の話題がそれほどあるわけでもなく、以前聞いたことを太郎が再度訊いてしまったあたりで、惣田はスマートフォンを取りだし、話題を提供するためか写真をスクロールさせる。ディスプレイの大きな罅割れは、以前見たときと同じでそのままだ。

「これ、仕事でムッとして、夜に家でワイン飲みまくったときの写真です」

見ると、実家らしき生活感あるダイニングテーブルの上に伏せながら、顔の半分だけカメラを向いている彼女の写真だった。

「なにか嫌なことでもあったの？」

「ええっと、たしかこの日は、突然オーディションが入ったんですよ。オーディションが当日に入ることはたまにあるんですけど、この日は、事務所に突然オーディションの知らせが入ったんじゃなくて、事務所にはとっくにきていた話を、マネージャーが伝え忘れてたんです。だから都内のアルバイト先へ向かっていたんですけど、慌ててキャンセルの電話入れて、電車から降りてタクシーでオーディション会場へ向かったんです」

「大変だったね」

「しかもタクシー代四〇〇〇円くらい、自腹で」

「マネージャーに言えば、経費で払ってくれるでしょう」

「うーん、そうですけど」

「立て替えただけでしょ？　領収書なくしたの？」

「なんか、言い出しにくいんですよね」

納得しかけた太郎だったが、彼女が泣き寝入りする理由がよくわからなかった。

「この映画を撮った監督、知ってます？」

「知らない。他にどんな作品撮った人？」

惣田はいくつかの映画作品やテレビドラマの名を挙げてくれたが、太郎はテレビドラマ一本の名前を知っているのみだった。

「監督が演出した舞台、観に行きたいんですよ。前に一度小さい仕事でご一緒させてもらったんで、面識はあるんです。上演後に久々に挨拶でもしたら、映画で使ってくれるかもしれないですし」

「チケット取るのが難しいの？」

「いえ、平日だったら空きはけっこうあるみたいです。ただ、カード払いが駄目で、現金のみなんですよ。当日券四〇〇〇円なんですけど」

「……お金、ないの？」

「次の給料日まで、厳しいです」

「だったら、立て替えたタクシー代四〇〇〇円を、マネージャーに言って経費精算してもらえばいいじゃない？　そうすればチケット買えるよ」

「それはなんか……」

監督が今後開くオーディションで有利な立場にたてるかもしれない、いってみれば女優としての今後の可能性に関わる問題だ。惣田瑞恵の煮え切らない態度が理解できない太郎だったが、やがて、金の無心をしてきているのか、それとも観劇に誘ってくれているのかと思った。

「一緒に行こうか？」

「無理しなくていいですよ」

「じゃあ、チケット代あげるよ。感想聞かせて」

「いや、そういうのは本当に駄目だと思うんで」

惣田瑞恵は片手を顔の前で小さく何度も振り、心の底から恐縮しているふうにふるまう。演技には見えない。ギャラ飲みで出会った女性なりにも、金をもらう理由に関しては、ある程度の線引きがあるのだなと太郎は知った。

三七階のレストラン内は気づけば客も減っていて、九時をまわっていた。

「酒飲んじゃったから、今夜はポルシェで実家まで送れないや」

アルコールで鬱血し詰まった鼻声で太郎が言うと、同じくだいぶ飲んだ惣田もうなずく。これから電車に乗り帰るのは面倒なはずで、かといってタクシー代を彼女のほうからは太郎にせがみにくいだろう。

「これから満員電車に乗るのは、キツいよね」

「はい。家遠いの、いやだ」

「まだ飲めたりはする?」

「少しなら」

「惣田さんは芸能人でしょう。変にこの建物から出て人目につくのもマズいから、ここのホテルの部屋で飲もうよ」

「部屋で?」

「うん。バーだって、宿泊客じゃない人たちが安くオシャレに飲むために来たりするっていうし。そういう人たちって下世話だったりするから写真とか勝手に撮ってきそうだし、部屋の中じゃないと危ないよ。惣田さんは女優さんなんだし。今から部屋とれるかわからないけど、フロントで訊いてみる。ルームサービスで適当に酒頼んで、ちょっと飲もう」

「……わかりました」

会計を済ませた太郎は下へ降り、惣田にはラウンジのソファーへ座ってもらっている間、受付で部屋の空きを訊いた。どのクラスの部屋も空いていて、素泊まりで下は五万円台から上は四〇万円台までだ。都内の高級ホテルになんて泊まったことがないから、女性を口説くためにはどの程度の部屋を選べばいいかわからないが、一番安いプランでなければ大丈夫そうな気がして、太郎は六万八〇〇〇円サービス料消費税別のマンダリングランドルームーキングを選んだ。係員による部屋への案内は断り、ルームキーをもらうと惣田と二人でエレベーターに乗った。

太郎の住む恵比寿の部屋の倍ほどの広さに、大きなベッドに大きな窓、柔らかい明かりの照明の室内は、一歩足を踏み入れただけで安らぎを感じられた。三二階の窓から見える夜景も絶景だ。

靴からルームシューズに履き替えてすぐ、それも脱いでベッドの片側に太郎は寝転んだ。大きく伸びをしている間、惣田は照明をさらに暗くして窓のそばにまで寄り、スマートフォンで夜景の写真を撮っている。

「すごく綺麗な景色」

「そうだね」

「ありがとうございます」

「人目を避けなきゃいけなかったし、それくらい。ところで、なにか飲みたい酒ある？」

「うーん、どうしようかな」

「やっぱり俺はもう、酒はいいや。水かなにかで酔いを醒ましたい」

「私も」

太郎は冷蔵庫から炭酸水を二本取りだし、一本を惣田に渡した。受け取った惣田は、ソファーに一人で座り、瓶に直接口をつけ飲む。

「ねえ」

「ん？」

「腰揉んでくれないかな。運転で疲れちゃった」

太郎の本心だった。だから発する言葉のどこにも嘘の気配がなく自然で、のまざるをえない雰囲気になるのだろう。惣田はベッドまでやって来て、俯せになった太郎の腰を揉んでくれた。細い指は的確にツボをおさえてきて、凝りをほぐされた太郎の身体は弛緩した。

自分はこの後、彼女と結ばれなければならない。ここまでは、予想以上にうまくやれてきた。一転してここから、性的な興味を露わにしなければならない。緊張する自分の姿が頭に思い浮かぶが、不思議とそれは他人事であり、太郎はそれほど緊張しなかった。たぶん、ポルシェの長距離運転で本当に疲れているのと、酒を飲みすぎたせいだ。嘘のない行動の前では、人は従順にならざるをえない。そうであるならば、ポルシェには本当に感謝だと思いながら、太郎は上体を起こした。

　キングサイズのマットレスの上で足をくずしている惣田瑞恵を、両腕で優しく引き寄せ、キスをする。唇をすぐに離し、逃げる余地を一瞬だけ与えた太郎は、唐突さに少し驚いてはいるようだが拒んではこなかった彼女の唇に、再び吸いついた。そこまでいってしまうと、太郎のそれほど多くはないセックスの経験と、手順に大きく違うことはなかった。

　ただ、いつもだったらなにかしらあるであろうごく小さな不満点が、なにも見つからない。たとえば陰毛が多すぎるだとか、唇がガサついている、なんとなく舐めるのを躊躇したくなるクリトリス、脂肪多めの太腿が邪魔をしペニスを入れにくいだとか、そういうことだ。唇をはじめ身体のありとあらゆるところが剝いたばかりの卵みたいにつるつるしていたし、痩せ気味で肌に神経が近いのかとてもよく反応し粘液も多く出て、太郎が持参したコンドームをつけ挿入するまでもスムーズだった。

　惣田瑞恵の舌を吸い、腰のピストン運動を一定に保ちながら太郎は、ひょっとしたらこんなに素晴らしいセックスは奇跡的なんじゃないかと感じていった。脂肪が少ない身体はペニスを挿入する角度の自由が利き、膣内での摩擦がものすごく気持ちよい。よく見ると、安産型の広めの尻の骨と細い腰のラインに大きなくびれができていて、服を着ているときにはわかりにくいグラマラスさがある。これが歪さの少ない、美人の身体の骨格なのか。まるで特注で作った愛車のように、性の行為に励む太郎の身体にあった。

しゃべり声とは違う全然息漏れのないつややかな高い喘ぎ声を惣田が発し、それを聞いた太郎のペニスの硬度は極限にまで達し、あっ、と言う間もなく射精してしまった。何度も、大きくドクドクと波打っている。太郎は、自分の体液がすべてコンドームの中に放出されてしまうかのような虚脱感におそわれ、なんとか惣田の身体を避けマットレスの上に両肘をついた。日頃のオナニーや、これまで経験してきたセックスとは全然違う。身体の細胞が、彼女を信頼しきっている。精液でもなんでも、彼女にさしだせるものはすべてさしだしてしまえと、己の身体が命令してきているのだ。こんなことは、太郎の三五年間の人生で初めてだった。

「つきあってくれ」

惣田瑞恵の上に覆《おお》い被《かぶ》さったまま、顔を見ながら太郎は言った。

「つきあいたいの？」

「うん」

すると惣田は嫌みな感じは一切なく鼻で笑い、両腕で太郎の頭を自身の首もとへ引き寄せた。信じられないほど白く滑らかな肌へ、太郎は頰ずりする。

お湯を張ったバスタブに二人で入り、髪を乾かしている惣田瑞恵を待つ間、太郎はベッドのクッションに背をあずけ、手持ちぶさたでスマートフォンを操作した。届いていたいくつかのメールを読んだ後、各SNSをチェックする。俺は今、この状態を皆に伝えることはできないが、とても満たされている。人生が本当に満たされている人は、自分の日常生活でうわべをとりつくろったことを一々世間に公表しないのだろうなと太郎は実感した。

そして気づけば、知り合って十数年来の他大学の憧れの人、流野唯の新着投稿がないかチェックしていた。特に新しい投稿はない。しかし惣田瑞恵という、流野唯より一二歳も年下でたぶん世間的に見ればより美しい女性と初めてのセックスをした直後に、俺はなにをやっているんだろうと太郎は思った。

髪を乾かし終えた惣田がナイトウェア姿で戻ってきて、太郎はスマートフォンをホーム画面へ戻した。ベッドへ戻ってきた惣田の顔を見て、まだ化粧を落としていないのかと太郎は思った。しかし間近で見ると、すっぴんだった。白いところは白く、唇の色も鮮やかだ。化粧をしていないのにちゃんと美しい顔をしている。これが、美人ということなのだ。

キスをして照明をすべて消し、手を繋いで寝た。


平日の午後一時過ぎ、歌舞伎町にある黒木の事務所へ人が集まってきていた。義援金フェスティバルの打ち合わせだ。事務所内には事務の女性も含め他に何人かいるが、椅子に座り話し合いに参加するのは、太郎を含め七人のようだ。そのうち、スーツ姿ではあるがやけに若い男二人は付き添いのようだから、実質は五人か。

前回この事務所へ来た際、太郎は黒木から、義援金フェスティバルを開きたいと言われた。どういうわけか、若者に人気のとあるロックバンドを自由に使えるあてがあるらしく、それを中心に他のアーティストも集めて稼ぎたいらしかった。黒木にはイベント開催のスキルはなく、太郎も大雑把に必要な準備やかかる費用や時間のことを伝えた。その日はそれ以上、具体的な話にはならず、黒木がどういう立場の人間なのかについて聞いた。

歌舞伎町一帯に様々な店を展開している黒木も、もとは地上げ屋だった。今も地上げは事業の一部としてやっているが、他の事業に比べその比率は減っていたし、彼曰く、地上げといっても数十年前のバブルの頃のように暴力的なものではないらしい。あくまでも合法的に、立ち退きをしない者たち相手に二、三年単位の心理戦の駆け引きで交渉する、クリーンなものだという。そう説明された後、風俗の店へと接待で太郎は連れて行かれた。ただ、気になることもある。黒木は「俺はヤクザじゃない」と言っていたが、今この場にいる連中の顔つきは、どう見ても堅気の人間たちではない。ずっと前から一緒にビジネスをしてきた顔見知りのようで、黒木が太郎を紹介し、太郎に対しては他の面々についての説明は特にないまま、話し合いが始まった。

やがて、四ヶ月後の三月に、一度目のフェスティバルを開こうとしているらしいことがわかった。そんなのは無理だ。太郎は口をはさんだ。

「四ヶ月後は無理です」

「なんで?」

ポマード頭で色つき眼鏡をかけた男が訊き返してくる。

「そういったイベントの場合、通常一年は時間がほしいです。どんなに短くても、半年は」

「いいからやるんだよ。どうせその半年のうち、あちこちに話をうかがったりして返事待ちだったりする時間が大半だろう？　こっちはこれだけ人も集まっててやることは明確なんだから、そうだな、宣伝の時間はもっとほしいかもしれないが、開催すること自体は問題ないだろ」

　黒木に言われなにか反論しようとしかけた太郎だったが、彼の言うことにも一理あると思った。敏腕の実業家だけある。

「頼むよ、この前も散々気持ち良い思いしただろ？　レースクイーンの格好で焦《じ》らせてもらったあと、ラスト三〇分で三回も本番したんだってな。でも、あの赤いパンツ被るのはおかしいぞ」

　黒木が先日の接待風俗のことをおちょくるように言うと、他の男たちが大きな声で笑う。太郎も照れたような笑みを浮かべるが、すぐに不安な気持ちに襲われた。黒木に連れて行かれた表向きは本番禁止だったあの店に関して、黒木が店や嬢と通じていて、あとから話を聞いたくらいであれば、まあおかしなことではない。しかし黒木は、「あの赤いパンツを被るのはおかしい」と言った。まるで自分の目で見たかのように。撮られていたのだろうか。

　一瞬、平衡感覚がおかしくなり、妙な汗をかいた太郎だったが、話し合いを進めてゆくうちに、それらも収まっていった。今のところ、本番禁止の店で本番をしてしまった自分が、警察に相談しようにもなんの証拠もない。脅されているわけでもなく、黒木の言葉一つで悪い想像をしているだけなのだ。それに、彼が言葉巧みな地上げ屋だという先入観が、邪推を生んでいるだけかもしれない。万が一、やんわりと脅されているのだとしても、仲間になってしまえば、問題はない。黒木たちの興味は、仕事がうまくいくかだけなのだから。自分にとっても、大きな金を転がしていそうな人たちから癒着で仕事をもらえるのなら、良い機会だ、冷静に考えて。

話し合いが終わると、黒木は自分の会社の社員とどこかに出かける準備を始めたため、太郎は他の男たちと一緒に外に出た。ロールス・ロイスにメルセデス・ベンツ、ジャガーがすぐ近くに駐められていて、それぞれの車に運転手が待機していたが、一行は黒木の経営するビアガーデンへと流れた。

一人だけノンアルコールビールを注文した太郎は、車で来た旨を伝えた。

「なに乗ってんだ?」

頭の綺麗に禿げ上がった日焼けした肌の白髭の男に訊かれた。

「ポルシェ911カレラカブリオレです」

「ほう、ポルシェに乗るのか」

「最近買ったんですよ」

「自分で運転してるってことか。俺たちと一緒にイベントでじゃんじゃん稼いで、もっといいのに乗ればいい」

人を使う立場にいるからか、時間に余裕がある人たちなのだろう。ビール以外にもワインや日本酒、中国酒と様々な酒を急ピッチで飲み饒舌に語り合う彼らの会話を聞きながら、太郎は断片的な材料を頼りに、大まかな全体像を把握していった。地上げ屋の黒木の他に、人身売買をやっているらしい組織、芸能事務所、金融業といった面々の彼らは、中央集権的に誰かに束ねられていたりするわけではなく、ネットワークで自発的に集まっているらしかった。儲け話の案件がある度に、協力できそうな者たち同士で集まる関係性だ。

太郎にとっての窓口となった黒木は、現在は店舗経営に熱を入れる実業家だが、三年前に行った歌舞伎町の土地の大々的な買い上げが土台になっているという。中国人たちから、買い取ってまわった。権利関係が複雑な土地は手がつけられなかったらしいが、金で解決できる問題は金で解決した。その際、黒木の会社にすべてをまかなう自己資金はなく、ネットワークの中にいる一人の実業家「スズキ」氏に、かなりの低金利で数十億円出資してもらい、今があるのだという。それ以来、黒木は地上げや店舗経営といった自社業務の大半は部下たちに任せ、ネットワークの局所的な中心人物である「スズキ」氏の右腕として役立つことを、信条としている。

〝義援金フェスティバル〟は野外で開くことで話が固まっており、数千円単位の入場料やキャンプ設営費用等で荒稼ぎする予定だ。それをシステム化し、年二回以上の規模で、集客も増やすことを狙っている。ここにきて、太郎の中で一つの疑問がわいた。

「いくらフェスで稼げるといっても、黒木さんに数十億円を貸せてしまうスズキさんという方にとっては、自分の取り分の収益も微々たるものになると思うのですが」

それには、人身売買に手を染めているらしい、ポマード頭の男が答えてくれた。

「スズキさんにとってはたしかに、微々たる収益だな。ただスズキさんは、仕事を中心にして、周りの皆で一緒に働いて稼ぐスキームを作りたがってるんだ。芸能界と太いパイプがあるし、政治家を脅したり応援したりもするフィクサーで、その話だけ聞くとおっかないが、皆と共生してなにかをしたいっていう、妙に純粋な人らしいんだよ」

太郎は、ポマードの言い方で気になった点があった。

「スズキさんとは、お会いになったことはないんですか？」

「俺はない」

すると、太郎以外の四人中、スズキ氏に会ったことがある人は一人しかいなかった。禿げ頭に白髭の男が、口を開く。

「二回だけだがな、俺は。スズキ・タロウってのも通称で、人からその名前を聞きはしても、本人から名刺をもらったわけでもないし。もっぱら、窓口は黒木だ。俺の見た限り、スズキ氏はたぶん黒木より年下だったな」

義援金フェスティバルを最初に提案したのは黒木で、スズキ・タロウ氏はすぐ案に乗ったという。白髭の男がポケットから名刺を取りだし、老眼が始まっているのか少し離して見る。

「大照太郎……タロウ同士、同じ名前だな」

白髭の男はその後メニューには載っていないらしき貴腐《きふ》ワインを、表面が鈍く光っている本物の銀製らしき器で飲みながら、愛人との旅行や美食、別荘、事業、孫の話なんかをした。安い飲み屋でそこらのサラリーマンたちが鬱憤《うっぷん》を晴らしているような自分語りと異なり、心底満ち足りているからこその穏やかさや無邪気さが垣間《かいま》見える。もう六〇代以上であるにもかかわらず、これからも死ぬまで今と同じような快楽を享受できることを疑っていないような、なにも心配していない顔つきだ。太郎には、聖杯みたいな器で貴腐ワインを飲んでいる白髭の男が、やりたい放題できる不死身の人間に見え、羨ましかった。

「さっきはさ、黒木の勢いにのまれちゃってたけど、無理そうだったらやらなくてもかまわないよ」

あるとき義援金フェスティバルについて、白髭の男から太郎は穏やかな口調で言われた。

「他をあたるだけだし」

太郎は、目の前の老人から漂ってくる不死身の匂いを、誰でも作れる会社を興しポルシェを買っただけの自分は獲得できていないと思った。集中力や資本を注ぎ己の力を複利効果で増やしていこうにも、時間を短縮させなければ欲望を全部かなえられそうにない。自分には才能や専門性がないからだ。しかし普通の人たちが目を向けない、裏社会の悪魔的な力を借りれば、それも可能かもしれない。そうすれば、ビッグシャイン株式会社も、誰にでもできる事業モデルから、裏社会との繋がりという特殊性を帯びた一〇〇年企業にだってなれる。会社を存続させ社員たちを路頭に迷わせないためにも、社長である自分が不死身の存在として、君臨し続けなければならない。

太郎の頭には、今自分がここで義援金フェスティバルへの参加を断ったあとに出てくる、他の者の姿がチラついた。自分の代わりにそいつがズルにありつくなんて、許しがたいことだ。今まで自分の周りには生まれながらに容姿がいいだとか裕福な家庭出身だとかコネ採用で大企業の幹部になれただとかズルしている人たちがたくさんいて、どうして自分にはその機会がこないんだと思っていたが、ついにきた。これがそれなのだ。

「とんでもございません。ぜひ、やらせていただきたいです！」

太郎の選択に対し一同は、意外なことが起こったとでもいうように、歓迎してくれた。酒を飲まされながら太郎は、きっとこの人たちにとっても俺が必要なのだと思った。ここにいない黒木にとっても、そうなのだろう。白髭の男ほどには不死身っぽさのない黒木もきっと、自分と同じようなものを探している途中なのだ。一緒に探すのも、悪くない。

やがて一同は、暗くなった夕方の歌舞伎町で別れた。


小雨が降り続けている日の午後七時二〇分、太郎は中目黒駅から徒歩一〇分の火鍋屋へ入った。二階の個室へ行くと、女性二人が既に待っていた。壁には冬物のコートがかけられている。前に一度会った、瑞恵の友人であるＣＡの大谷里子と会釈した。

「はじめまして、平絢美《たいらあやみ》です」

「はじめまして、大照太郎です」

太郎が会社の名刺を渡すと、平も鞄から航空会社の名刺を慌てた様子で渡してくれた。大谷と平は他社ではあるが同期のCAということで、今年入社後に知り合ってからたまに食事に行ったりする仲だという。やがて、この飲み会の依頼人である弁護士の山井氏《やまい》と、太郎にとっての常連ギャラ飲み要員の塚井麗華がほぼ同時にやって来た。一度面識のある大谷里子が塚井に軽く会釈をするが、塚井は大谷と初対面であるかのような素っ気ない反応をするだけだ。客である山井氏の前で、自分たちがギャラ飲みに何度も呼ばれていることを気づかれないための配慮だろう。

太郎もこの日、弁護士の山井氏に会うのは初めてだった。以前一緒にイベントの仕事をした起業家の知人で、交換したばかりの名刺によると、二子玉川に自分の弁護士事務所をもっているらしい。山井氏はこういった類いの遊びにはそれほど慣れてもいないようで、塚井や平による誘導により、楽しそうに饒舌になっている。

始まってからしばらく経ち、山井氏がトイレへと立ったタイミングで、三人の女性たちが皆スマートフォンを取りだした。その時太郎は気づいた。三人の持っているスマートフォンのディスプレイはどれも、罅割れていた。

「麗華ちゃん、画面割っちゃったの?」

太郎に話しかけられ、二七歳の女優にして自動車関係のイベントコンパニオンもやっている塚井麗華が、笑いながら答える。

「この前すっごく酔っ払った日があって、家に帰って寝て起きたら、リビングの床に落として割ってた。お母さんが太いセロハンテープ貼ってくれてて、そのまんま」

「私も、トイレで落として割っちゃいました。修理に出さなきゃ」

表情豊かな平絢美も続いて言った。

「里子ちゃんも？」

「はい、半年くらい前に道で落としちゃって」

綺麗な若い女性たち全員のスマートフォンが、例外なく罅割れているとは。太郎はどこから寂しさを感じた。

「半年前に割ったって、里子ちゃん、なんで修理に出さないの？」

「修理代がもったいないからですね。次の契約更新が一〇ヶ月後とかなんで、そのときに新しい機種にします」

「じゃあそれまでの一〇ヶ月間は、罅割れたまま我慢する気？」

「はい。修理代もったいないですし」

ケチを自覚する太郎ではあったが、さすがにその感覚は理解できなかった。通話する度に割れた強化ガラスを顔にくっつけ、ガラスの破片が眼球の黒目に突き刺さり失明したりするとかのリスクを考えないのか。それと比べれば、街の修理屋で払う一万数千円程度の出費など安いものだ。それほどまでに、目先の一万数千円のほうが大事なのか、失明のリスクより。

「お給料、まだあんまりもらえてないもんね」

「うん」

平の言葉に大谷がうなずく。太郎は納得しようにも、ケチな大谷の行動原理が一貫していないことが気になる。通話プランの契約期間に縛りがあるということは、料金の高い大手キャリアで契約しているはずだが、だったら格安ＳＩＭに移行すれば毎月数千円単位で節約できる。いつでもなにかを調べられる便利な情報端末を持っているわりには、なにが自分にとって得かという情報すら全然知らない。ここ数年ずっと格安ＳＩＭを利用している太郎には、不思議でならなかった。やがてトイレから戻ってきた山井氏が、割れたディスプレイについての話題に加わった。

「そんなことなら、俺が三人分の修理代、出してあげようか。なんなら、買い換えてもいいよ」

酒ですっかり機嫌が良くなった山井氏からの提案に、塚井は「本当ですか⁉」と大袈裟に反応するも冗談ですよというようにすぐ酒を飲み、平は「申し訳ないですよ」と丁重に遠慮する。大谷里子だけが、今までほとんど起伏のない表情であったにもかかわらず、今日一番の笑顔になった。

「本当に、修理代出してもらってもいいんですか？」

「それくらいいいよ。じゃあ、連絡先」

そうして山井氏と大谷は、鍋の上で互いのスマートフォンを重ね合わせ、連絡先を交換する。それをきっかけにいくらか言葉数も増えた大谷は、自分がいかにお金を持っていないかということを語り始め、安定した将来に向けての資産運用を考えているらしく、「NISAについての本を図書館で借りた」とか言いだした。また、結婚したら仕事はすぐにやめる、とも。

その後しばらく、スマートフォンの中の写真を話題にする時間が続き、山井氏が山梨での鹿狩りやハワイでの写真を披露した。太郎も、皆に見せるポルシェの写真をどれにしようかと選ぶ。格好いい車を買ったものの、昔の友人たちはすっかり落ち着いてしまったり、生活に追われていて余裕がないのか、全然興味を示してくれない。そうすると、なにかを自慢したり遊んだりするにも、瑞恵と同世代の、時間があり生活にも追われていない若い女性たちくらいしか相手がいない。太郎は、一人でお台場へ早朝ドライブへ出かけた際に、公園の駐車場で撮った写真を見せた。

「車買っちゃったんだ、ほら」

「あ、ビートルかわいいですね！　友だちのお兄さんに乗せてもらったことあります」

平絢美がそう口にした。塚井麗華も「ビートルってワーゲンの？」と口にし、大谷里子は義務感のように一瞥しただけでなにも言わず酒を飲んでいる。平が表情豊かに話を受けてくれたこともあり、太郎はビートルではなくポルシェだと訂正しそびれ、話題はCA接客中の変なお客さんの話へと移った。

それにしても、と太郎は思った。彼女たちは、ドイツの大衆車ブランドであるフォルクスワーゲンのビートルという二〇〇万円台の車と、一五〇〇〇万円以上するポルシェ911カレラカブリオレを同じものとして見た。たしかにポルシェは半世紀以上前に初代ビートルから派生していった車だが、ビートルが五台は買えてしまうほどのポルシェの高級感に、気づかないものなのか。そして金持ちの山井氏も、なにも言わなかった。車に興味がないのか。

あるいは、車の問題ではないのかもしれない。ポルシェを買ったからといって、太郎の身になにかしらの身体性や能力が刻みつけられたわけでもない。金を払ってポルシェを買い、アクセルを踏んでいるだけだ。アクセルを踏み時速百数十キロを出すなど、子供でもできる。それを買える経済力以外に誇れるところがないということを、彼女たちから冷静に見られているような気もした。

客や女性たちを見送った太郎が電車と徒歩で恵比寿の自宅マンションまで帰宅すると、ドアを開けてすぐ、照明の明かりとＴＶの音声、それに空気の暖かさを感じた。連絡を受け事前に把握していたことだが、合鍵を渡してある瑞恵が来ている。狭い部屋だから人の気配の伝わり方は直接的で、その感覚が太郎には嬉しい。

「ただいま」

「おかえり」

「いつ来たの？」

「一時間ちょっと前……一〇時くらいかな」

瑞恵は都内でいくつかやっているアルバイトを終え、辻堂の実家へ帰るのが面倒だからと泊まりに来た。明日も昼から都内で用事があるという。既に部屋着に着替えていた。太郎は水を飲みながら窓辺に立ち、カーテンを少しだけ開け遠くにある東京タワーを数秒間見てから、スマートフォンを見ている瑞恵が寝そべっているベッドに、壁を背にして座る。

「それにしても、里子ちゃんって貧乏くさいね」

「ああ、里子も呼んだんだよね。なにかあった?」

太郎は、さっきの飲み会での大谷里子のふるまいを話した。

「里子らしいな。あの子、いつもお金ないって言ってる」

「瑞恵の前でもそうなんだ」

「そうだよ。夏に、仲良しグループ数人でホテルのナイトプールに行こうってことになってさ。すぐに行く日程は決まったの」

「うん」

「そうしたら里子が、期間限定割引券があることを知ったのね。それで、どうせだったら割引券が使える日にしないかって、組んであった日程を変更したの。割引券も、ホームページにあるものを印刷すればいいもので、たいしたことないんだけどさ」

「変更したのか」

「そうしたら一人が、仕事の都合で、割引の期間だと行けないってなっちゃったのね。だから割引券が使えなくても元の日程で行くのかなと思ったんだけど、里子が、じゃあ行くのはやめようって言ったの」

「なんで？　もとは割引券なしで行く予定だったんでしょう」

「そう。でも割引券が使えないなら、行かないって。損した気分になったんじゃない。たぶん他の皆も困惑気味だったけど、里子のその感じが面倒くさくなっちゃって、結局ナイトプールは立ち消えになった」

「割引券で、いくら安くなるところだったの？」

「たしか一人五〇〇円くらい」

話を聞いて太郎は、あの子ならやりそうだなと感じた。人を不快にさせる節約は、たとえ若くてもやってはいけないのだ。大谷里子と同じ実家暮らしで同じくらいの収入の瑞恵には、そういうところはない。

「夕飯は？」

「食べた」

全然見ていないらしいテレビは、バラエティー番組からニュースへと変わった。瑞恵が操作しているスマートフォンのディスプレイに目をやると、罅だらけの画面に、黄色を基調とした色鮮やかななにかが映っていた。太郎は「それなに？」と尋ねた。

「先週里子たちと行った植物園」

大谷里子がインスタグラムにアップしている写真で、大輪の黄色い花が沢山植えられているところに、瑞恵たち四人の女性が写っている。瑞恵は「いいね」ボタンを押し、自身のタイムラインに現れる他の人たちの投稿写真をスクロールしてゆく。まるで熟練の餅つきか工場の機械かのように流れを止めないまま「いいね」ボタンを押してゆく正確さは圧巻で、斜めの角度から見ている太郎の動体視力だと追いつけないほどだった。すべての写真に「いいね」ボタンを押しているのかと思いきや、二、三割の投稿にはなにも押さないことから、なんとなくではあってもきちんと選別していることがわかる。ただ、写真をろくに見ていないうえでの「いいね」選別であることには変わりない。

まるで弁当工場の流れ作業のようなスクロールの中で、太郎は気になった写真を見つけ、止めてもらった。

「もうちょっと前の……これ」

「これ？　里子だよ」

つい今し方コンマ数秒の速さで流し見ながら「いいね」ボタンを押した写真の中の大谷里子は、海外かどこかの砂漠地帯のような場所で、顔を夕陽の色に染めている。説明文を見ると、鳥取砂丘らしかった。一人で写っているし、自撮り棒で撮影した構図だ。画像加工で変に強調されている涙袋と、アヒル口のポーズには不自然さが漂っているが、太郎はその写真が気になった。アヒル口をして笑っている。ギャラ飲みの席で二度しか会ったことのない彼女だが、普段表情が少なめの彼女は、本当はこういう顔に見られたがっているのだということが意外で、妙な切実さも感じた。ＣＡといっても国内線と国際線どちらの担当かも知らないが、鳥取空港まで仕事で行ったとしても、そこから鳥取砂丘に行くのは面倒くさいはずだ。それも、あんなに小柄な身一つで。

やがて瑞恵がスクロールを再開し、その写真は見えなくなった。瑞恵にとっては、大谷のああいう顔は珍しくないのか。でもさっき、ろくに見ないでスクロールしていたように思う。閲覧者である瑞恵がなにも感じていない様子なのは、他人の写真なんかろくに見ていないからかもしれない。それでも彼女や他の投稿者たちも、自分がSNSにアップする写真は何枚も撮り直し加工して、ようやく披露する。

「里子のCAの友だち、どうだった?」

「美人で愛想良かったよ。とってもいい子。でも、今の若い子たちは、世の中にある良いものとかを、なにも知らないんだなって思った」

「どうして?」

「だって友だちのCAの子、ポルシェも知らなかったし。ビートルと勘違いしてた」

「そりゃ、知らないよ」

瑞恵は部屋着に着替える前にシャワーを浴びたらしい。太郎は水気の残っているバスルームに入り、身体を洗った。バスタオルで身体を拭いている時、ふと、股下に見えた線形の光が気になった。糸くずかと思い手で払うも、身体から生えているように落ちない。片足を洗面台の上に乗せ、照明のもとで性器をひっくり返し見てみる。右側の金玉袋の裏側に太くて白い毛がついており、指で引っ張ると、袋の皮も引っ張られた。

ついに金玉袋にまで、白い毛が生えだしたとは。

太郎はここ一、二年ほどの間に、鼻毛の中に数本白いものが生えてきただけでもそれなりにショックであった。ここへきて、身体の中で髭と同じくらい生えてくる時期の遅かった毛に、白いものが交じり始めた。生まれた時から生えている頭髪や、小学生一年生の頃から生えているすね毛ならまだわかるが。陰毛なんて、小学校六年生だった一二歳の夏、つい最近生えてきたものとして記憶している。太郎は初めて自分の陰毛に気づいた時のことを鮮明に覚えている。日曜日の夜九時台に、テレビで健康番組が流れているとき、風呂上がりの裸で、他に父親しかいなかったリビングのソファーにどかっと座りなんとなく金玉を見たのだ。すると、金玉袋の裏側に二本生えていた短い陰毛に気づいた。

二三年前ではあるが、太郎にとってあれは、自分の身体の変化に関する、つい最近の記憶だ。二次性徴はつい最近起こったことで、三五歳になりやっと人生がうまくまわり始めた俺は、それにより獲得した男性性の恩恵を、ようやく享受できる立場についたばかりだというのに。

太郎はその後すぐ、瑞恵と一度セックスをして、かなり疲労困憊《ひろうこんぱい》した。疲れてはいたが、性欲はまだ残っており、なんとか自分を奮い立たせると、二回目へと突入した。瑞恵は性欲がほとばしる年齢なのか、二回目も感度良く反応してくれる。二人でシャワーを軽く浴び、シングルベッドで横になる。連続で二回もできた自分は、金玉の白い陰毛など関係なく、まだ若い。太郎はそう思いながら、瑞恵のほうを向き、手を繋いで寝た。

夕方、出先にいた稲村と熊田が南青山の会社へ戻ってきた。義援金フェスティバルの宣伝方法について、各社と話をしてきてもらった。この件に関しては、太郎も含むベテランの三人で準備を進めている。場所は黒木たちによりおさえられてあった、富士山のふもとのキャンプサイトで決定していた。出演アーティストも数組決まっている。

楕円形テーブルに三人で座り、太郎は二人から話を聞く。大学のイベントサークル時代からの友人ということで会社に誘った稲村は、新卒で入ったPR会社時代のパイプやスキルがかなり生きているようで、WEB媒体と雑誌媒体での企画記事という形でのPRについて、今日も着々と進めてきてくれた。

「雑誌は、思ったより厳しかった。お金あるところ優先で誌面構成決めてくるから。住宅メーカーの企画ばかりでさ、ねじ込みにくいところが多かった」

テーブルの上には、事前に目星をつけていた雑誌が十数冊置かれている。半分以上が男性誌で、ファッション誌、ライフスタイル誌、アウトドア誌の最新号がどれも、最終的にログハウス調ハウスメーカーの広告へと至る特集記事を大きく載せていた。最近どの雑誌を見ても、そのログハウス調ハウスメーカーの広告や、昔からではあるが車の広告を目にする。

「普通の広告ではなく広告記事の形にするのであれば、来週中には話を固めなければ駄目な感じでしたね。あと三ヶ月半だなんて、かなり無茶なスケジュールですし」

稲村と一緒に行動していた熊田が、電子煙草を吸いながら言った。太郎と同じく5パートナーズ時代から業界一筋である熊田は三歳下の後輩ながらも、敏腕社員として、義援金フェスティバルに関する疑念の声を度々口にしていた。太郎はそれらを受け入れはしながらも、社長である自分の勘を信じてくれということで、協力してもらっている。家庭第一で生きている稲村も、熊田ほどではないにせよ、注意しなければならない案件だとは思っているようだった。

彼らが必要以上に警戒してしまうのも無理はないだろう。一介の会社員でしかない彼らは、黒木たち裏社会のネットワークとどう協調してゆくかという、経営者としての肌感覚を備えていないのだから。やはり会社の長である自分が皆を率いてゆかなければならないのだなと、太郎は確信する。この俺が、自分と会社に繁栄をもたらしてみせる。

翌日の朝、しっかりとシェービングしスリーピースのスーツに着替えた太郎は、ポルシェで茨城へと向かった。

一〇時半から、友人夫婦の結婚式が開かれる。新郎とは小学校から高校まで、新婦とは高校時代に一緒だった太郎は、挙式から招待されていた。地元に帰るのは、四月に母親と甥の合同誕生日会のために訪れて以来だったから、半年以上ぶりだ。茨城など東京から電車で二時間もかからないし、いつでも行けてしまう気楽さがあるぶん、たまの休日にわざわざ帰る気にもなれなかった。しかしポルシェで行くのは、今回が初だ。混んでいない常磐自動車道を、時速一二〇キロ前後で進む。

尻からぐっと押されるような加速の生理的な快楽を楽しんでいると、あっという間に高速道路区間が終わった。同じ茨城県内でも以前行ったことのある大洗方面と比べれば都内からすぐで、物足りないくらいだ。車だと、電車で行くより地元が近くに感じられた。

ガソリンの残量が少なくなっていたため、ガソリンスタンドにポルシェを停める。そして太郎は、反対車線からほぼ同時にスタンドへ入ってきた一台のメタリックブルーのセダンに気づいた。ＢＭＷのスポーツセダン、Ｍ５だ。一七〇〇万円する高級車で、羊の皮を被った狼と呼ばれる、派手さは控えめだが走行性能と価格の高い車だ。目立ちたがりの成金とかではない、スピードを求める快楽主義的な面と、上品さをあわせもつ紳士の姿を太郎は想像した。向こうもこちらのポルシェを見てくるだろうと思った太郎は、姿勢を正しながら給油する。すると左側の運転席から、自分と同じ三〇代半ばくらいの、赤いチェックシャツに青いジーパンを穿いた、痩せたオタクみたいな生白いメガネ男が出てきた。

ポルシェを買って以降、輸入車の公式ウェブサイトやパンフレットをよく見るようになっていた太郎は、ＢＭＷのパンフレットに写っているような、頭が小さく手足の長いマッチョな男が、ジャケットにパンツの洒落た姿で出てくるものだと当たり前のように思いこんでいた。広告に載るドイツ人のような端正な容姿のドライバーが茨城のガソリンスタンドに現れるのは現実的でないとしても、家でビデオゲームでもやっているのがお似合いな低身長でガリガリの男が、サーキット走行もできるマッスルカーに乗っている現実には、大きな違和感があった。オタクみたいな同年代のＭ５ドライバーも、ポルシェと太郎に何度か目を向ける。

太郎はとても嫌な気分になっていた。自分の大切にしているものを壊されるような気がした。早くここから立ち去りたい。直後、低く唸《うな》るエンジン音の車がスタンドに入ってきて、目をやるとフォードGTだった。アメリカ製で数千万円するマッスルカーが、こんなところに。休日の朝で、ドライブ好きの人間たちが活動する時間帯だからだろうか。すると運転席から細身の、中年で性別の区別がつかないおじさんおばさんが出てきた。

結婚式場が位置するのは、新郎新婦に招待された同級生たちの学区からは少し離れた隣の市だった。披露宴は午後二時半に終わり、午後六時半からの二次会まで、かなり時間がある。車で来ている人と、披露宴で酒を飲むためか公共交通機関で来ている人も多かった。

旧友たちとの再会を、太郎は楽しんだ。成人式以来会っていなかった人たちもいた。中でも、高校時代の女友達である桜桐子《さくらとうこ》との再会には、十数年ぶりに会うにもかかわらずそのブランクを感じさせないほどの軽い会話ができて、嬉しさを感じた。

「桜は、どうやって来たの?」

建物の外、駅と会場を往復するシャトルバスの列に数人でなんとなく向かっているパーティードレス姿の桜に、太郎は訊いた。

「旦那に送ってもらった」

結婚した彼女には、男女一人ずつの子供がいる。思えば、式に来ていた知人女性のほとんどが既婚者だった。

「俺車で来たから、送っていこうか？」

「いいの？　助かる！」

　太郎は高校一年と三年の時に同じクラスだった桜桐子のことを、少し好きだった。恋焦がれるという感じではなかったが、性的な魅力を覚える同級生女子として、一緒に過ごす時間があると明るい気持ちになれたし、時には自瀆《じとく》の対象とさせてもらっていた。

「こっちじゃなくてこっち？　スポーツカーじゃん！」

　ポルシェの隣に駐められている黒い箱形の軽自動車のほうへ歩み寄っていた桜は、彼女らしい語尾が強めのしゃべり方で言った。太郎は助手席のドアを開ける。

「シート低っ……今日の格好だと乗りづらいわ」

　発進すると、桜が口頭で説明した場所へと、カーナビの案内なしで向かう。

「桜は二次会行くの？」

「行くよ。早めに帰るけど」

「子供何歳だっけ？」

「上の男の子が八歳で、女の子が五歳」

　ずいぶん早くに子供を産んだんだなと思った太郎だったが、計算してみると、上の子を産んだときで彼女は二七歳、下の子のときで三〇歳だ。都心で共働きしている女性たちなんかと比べても、特段早くはない。むしろ桜桐子と、その同級生である自分がもう三五歳であるということのほうに意外性があった。桜は、長男が通っているサッカー教室のことをしばらく話した。

「この車、乗り心地悪いね」

「……はぁ？　どういうふうに？」

「ゴツゴツ硬い」

「スポーツクロノパッケージだし、シャシーや足回りがしっかりしているんだよ。アウトバーンで安定するように設計されてるから」

「日本にアウトバーンなんかないじゃん。こんな硬いのに、さっき話してた年下彼女乗せたりしてんの？　絶対内心、良く思ってないよ」

「そんなことない感じだよ」

「そんなことあるって！　年下だから気遣ってるんだよ。運転してるほうはハンドル握って楽しいかもしれないけど、テレビも見られないし座り心地は悪いし、助手席は超しんどいよ」

「それは桜の感想だろう」

「買い換えなよ、アルファードにしなよ、ちゃんと荷物積めるよ」

桜桐子を家の前で降ろしたあと、太郎は実家へ向かった。

三台分の駐車スペースがある実家の駐車場には、両親の車であるホンダ・ステップワゴンと、太郎が初めて目にする紫色の塗装がまだ新しい箱形の軽自動車が横並びで駐められていた。箱形の軽自動車は、おそらく妹夫婦が最近買い換えたのだろう。妹が来ているということだ。箱形の車二台の隣に、ポルシェを慎重に駐める。家のドアが開き、妹と母が出てきた。聞き慣れないエンジン音で気づいたのか。

「なにあんた、そんな車で遊んじゃって」

ポルシェのドアを開け外に出てすぐ、太郎は母から言われた。

「いいじゃん、仕事して買ったんだから」

「案外大きい車だね。って言うか貯金しておきなよ」

「はあ、まったく……あ、芋食べる？　さっき蒸したばっかりだから」

妹と母から続けざまに言われた太郎は小言にうんざりというふうに渋い顔をしてみせるも、内心は己の成長と、それを肉親に視覚的に誇示できたことに満足している。

「芋なんか、食べないよ」

二階建ての家に入ると、リビングでは甥の伶音《れおん》が携帯型ゲーム機に熱中していた。

「伶音、おじさん来たよ。こんにちはは？」

「こんにちは」

太郎を一瞥しかせずにプレイを続けている。芋の匂いが漂っていた。甥の伶音は半年以上前に見た際と比べ、それほど大きくなっているとも思わなかったが、少し日焼けし、丸っぽかった顔に輪郭が出てきた。

「ほら、芋」

「わかったようるさいなあ」

手を洗った太郎は、皿に盛られた大ぶりな輪切りのふかし芋を手に取り、仕方なく食べる。父は近所の人と出かけていて、SEである義理の弟も急なシステムトラブルで朝早く団地から会社へ向かったらしかった。

「太郎、あんたお腹出てきたんじゃない？」

「そう？　……だったら芋なんて食わせるなよ」

「本当だ兄ちゃんお腹出てる」

太郎は芋一切れのせいで、数日前に行ったジムでの運動が帳消しになったと感じた。いっぽうで、もう数年間続いている一時的な腹の出っ張りに急な変化はないはずで、母や妹にとってはいつまでも自分は太りにくい体型の長男として認識されているのだなと思った。瑞恵のようにえらく若い女性なんかと触れあっていると、まるで自分がおじさんにでもなったかのような心地に時折陥るが、三十数年来の肉親たちの認識のほうが正しいだろう。

「おじさん、仕事？」

ゲームのプレイが一段落したのか、伶音が急に言ってきた。

「違う、結婚式」

「おじさん、デブったの？」

「変わってないよ」

太郎は煩わしさを感じ、二階に上がった。元自室ともいえる部屋には、小学生時代から使っていた二段ベッドの上段だけが壁につけられており、ほぼ物置部屋と化していた。二段ベッドの下のスペースには、棚やハンガーラックが敷き詰められている。誰の物と決まっているわけでもないタンスには、男物の下着がいくつか入っている。新品の物も袋のまあり、義理の弟と自分という二人のゲスト用に母が用意した物だ。衣料チェーン店で買ってきた下着には区別などつかないから、着替えの下着を持参していなかった場合、風呂へ入る前なんかに母に選別してもらっているが、たまに使うだけの下着の選別に関し母の記憶をどれほどあてにできるかもわからないと太郎は思う。義弟と互いに着用済みのパンツを共有したことだって何度かあったはずだ。それをそんなに嫌とも太郎は思わない。妹夫婦が子供を連れこの家に来て泊まってくれる頻度が多ければ、両親もそれだけ幸せを感じられる。父なんかもう七〇歳だ。楽しみなんて、孫くらいしかないだろう。

スーツをハンガーにかけ、スウェット姿でベッドへ寝転ぶ。手が自動的にスマートフォンを操作しようとしていて、太郎はまるで自分がたいしてものを考えないで生きている若者みたいだなと思うと同時に、そこに関しては若くありたくないなと感じた。ちゃんと色々考えて行動する大人になりたい。

それでも暇だから結局はスマートフォンを操作し、さっき結婚式に参加していて二次会にも来ると言っていた梅宮《うめみや》と、姿は見かけなかったが野田《のだ》にも連絡をとった。野田は二次会に行くとのことで、それまで三人で会うこととなった。昼食をとっていない野田が国道沿いにあるラーメン屋に集まることを提案し、腹の減っていなかった太郎も友人たちと昔よく行っていたラーメン屋に行くこと自体は楽しそうに感じられ、ポルシェで向かった。

先にラーメン屋の駐車場に着いた太郎がポルシェに乗ったまま待っていると、紺色の古いスバル・レガシィがやって来た。梅宮の車だ。エンジンが切られる前に、後部座席から野田が出てきた。太郎も車外に出る。

「本当にポルシェ買ったのかよ、大照先生！　わナンバーじゃないよね？」

「買ったんだよ」

自分と同じ身長の野田がポルシェをあちこち眺め回してくれ、太郎は笑顔になる。野田は正月に会ったときより太っていて、髪も伸びている。髪が伸びたことにより、左右の分け目の空き具合が以前より際立っていた。長い白髪もけっこう目立つ。野田から振り向かれたとき、太郎は彼の頭に向けていた視線を反射的に逸らした。

梅宮とは中学一年の時に同じクラスですぐ仲良くなり、以後同じ高校に通った際も何度か同じクラスになった。野田と一緒のクラスになったことは一度もないが、中三の時に梅宮の繋がりで仲良くなった。以後、太郎は都内の大学に進学しても帰省する度、二人に真っ先に声をかけている。中三の頃から度々、学校近くのラーメン屋やカレー屋で、数人分の量を時間内で食べきったら無料になる大食いチャレンジに挑んでは、失敗してきた。大学一年の夏休み中、一度だけ梅宮が、駅前にできた小さなショッピングモール内のカレー屋で成功した。

「俺、今日はいける気がする。朝にパン食べただけだし」

カウンターに座り野田が言うが、梅宮が首を横に振る。

「空腹で胃を縮めちゃうと、本番で不利になるって言うぞ。俺が成功したあの日も、数時間前まで普通に食ってたし」

「そう？　あれいつだったっけ？」

「大学一年だから、一九歳のときだよ」

太郎が口を挟むと、三五引く一九、と口に出し野田が引き算した。

「一六年前かよ。けっこう前だな」

野田の言葉に、太郎は肯定も否定もせず水を飲む。ショッピングモール自体がつい最近できたばかりという感覚であったが、梅宮が大食いに成功した店はとっくに潰れているどころか、ショッピングモール内のテナントはがら空きの状態だ。

太郎は最初のほうで完食は無理だと悟り、披露宴で食事をした梅宮も同様だったようで途中からペースが急に落ちた。結局、五人前のラーメンを食べきらないまま、制限時間の一二分を迎えた。野田一人だけ、本気で完食に挑んでいたようだったが、五分の三ほど食べたところからペースが落ち、一二分経過を知らせるタイマーが鳴るとともに、箸を置いた。

「野田、全然駄目じゃねえかよ」

「もう体力の限界。引退だ」

梅宮から言われ野田は苦しそうに答えた。それぞれ三〇〇〇円ずつ払い、店を出た。その後、梅宮の家で時間を潰すことになり、太郎は野田をポルシェの助手席に乗せ梅宮の家まで向かった。田畑ばかりの場所に、古い日本家屋と築十数年の建売住宅、重機をしまう倉庫のある梅宮家に着く。古い家には梅宮夫婦と三歳の娘が住んでおり、建売住宅の方には梅宮の両親と父方の祖母が住んでいる。太郎たちは梅宮の妻への挨拶もそこそこに、梅宮の趣味部屋へ案内され、ビデオゲームを始めた。昔からよくやっていたシリーズものの対戦型格闘ゲームに興じていると、言葉遣いなんかが、くそとか死ねとか、どんどん幼稚になっていった。

二次会では飲酒するからと、いったんポルシェで実家に帰った太郎は、身だしなみを整え、母にステップワゴンで会場まで送ってもらう。途中、雨宮の家に寄り、雨宮と野田の二人を拾った。久しぶりに会う息子の同級生二人に母は気軽に話しかけ、それへの二人の受け答えは大人なもので、さっきまでの彼らと比べ太郎は少し違和感を覚えた。

テーブル席と座敷席がある和風ダイニング店を貸し切り、六時半から二次会が始まった。一二月中旬ということもあり、結婚式の二次会というよりは、忘年会の如き様相を呈している。太郎は旧友たちと話す中で、女友達のほとんどが、見事に仕事を辞めていることを知った。聞いてみると、外で働きたくないから家で専業主婦をやっているという感じの人は少数で、前の職場の福利厚生では子育てをしながら働くのは無理だったとか、家で主婦をしてほしいと頼む男が意外なほどに多いという事実が判明した。かつて専業主婦に憧れていた人たちもいざ家庭に入ってしまうと、子供としか会話をしないため文明的な会話ができない毎日にノイローゼになったり、自由に使えるお金が少ない状況から、働きたくなるものらしかった。

子供が二人いる女友達は、夫に浮気されているが、信用金庫の一般職を退職し五年以上経っている今、なんの専門性もないためまともに稼げる会社に就職するのは難しく、子供のために今さら離婚できないと不満をうったえていた。男たちは、浮気がバレた話や仕事の不満話ばかりで、気づけば太郎のまわりでは皆が同じような話をしていた。昔となにかが違うなと感じた。冷静になって聞いてみると、誰もが人の話したことをきっかけに自分の話したいことを吐き出すだけで、人の話を聞いていない。中学や高校時代は、こういう感じではなかった気がする。ごく何人かの親友を除き、ひょっとしてもう、同級生たちと話しても面白いとは思えないんじゃないかと、酔って声の大きくなっている喧噪の中で太郎は暗い気持ちになった。話している相手たちもまた、自分と同じように感じているのではないかとも。

「飲んでないな、大照！ 酒弱くなっただろう、衰えやがって」

座敷席で太郎の隣に割り込んできたのは、谷村仁《たにむらひとし》だった。筋肉質なうえに脂肪も多い身体はむちむちとしており、サロンで焼いているのか、不自然なほどに肌が黒い。

「衰えてねえよ。薬飲んだりするから、肝臓いたわってんだよ」

不良とまではいかないが素行の悪い谷村とは、中学二年で同じクラスになって以降高校卒業まで、時折いたずら程度の悪行につきあわされた。太郎は見ていたりすることが多かったが、飲酒に喫煙、目障りだったバイクのタンクにコイン傷をつけたり、自分よりも弱そうな大学生くらいの男を駅前で蹴ったことはある。

「それに最近はポルシェ乗ってるからな。酒あまり飲まなくなったんだよ」

「おまえポルシェ買って嬉しくて仕方ねえんだな。しつこく自慢してるってみんな言ってたぞ。素直にデリカ買っておけよ。そんなことより、とりあえずこれ見ろ」

スポーツ刈りの頭髪の生え際がM字形にかなり後退している谷村の顔は赤く、だいぶ酔っているのがわかる。谷村はスマートフォンの画面を太郎たちに見せてきた。暗くてブレているが、女がペニスを銜《くわ》えている写真で、口説き続けていたキャバクラ嬢に谷村自らが舐めさせることができた記念の写真だという。女の同級生たち何人かが非難の声を上げるが、谷村は自慢げに笑っている。一応フェイスブックで太郎は谷村のアカウントもフォローしていて、正体不明な派手な格好の女たちと写っている投稿をたまに目にしていた。水商売の女たちだったのだろう。

「大照おまえ、俺が女紹介してやろうか。コツがあるから」

十数年前と同じ童貞扱いをしてくる谷村に対し、おまえよりよほどいい女を抱いているよとも言いたくなった太郎だったが、瑞恵のことを話すと厄介なことになりそうなので黙っておく。酔った勢いでSNSに瑞恵のことを書かれたら彼女に迷惑がかかる。ただでさえ、絡んでくるような文言が多くなってきているSNS魔の谷村とこれ以上かかわるのは危険だった。昔の軽犯罪を列挙されて、仕事関係者に知られては、このご時世においてかなりまずい。太郎は適当に相槌をうちながら、場所を移ろうとしない谷村に酒を飲ませまくった。他の場所でも、なんとなく鬱陶しがられているのを感じ、最後にここへやって来たのだろう。

「志川《しかわ》から聞いたけど、大照おまえ、三〇過ぎてからようやく童貞捨てたんだってな」

「そんな遅くねえし」

すぐに言い返した太郎だったが、実際に童貞喪失したのは大学卒業間近だった二二歳のときで、遅いことに変わりはなかった。就職活動を終えたあとの後期から急に行くようになった合コンで知り合った他大学の女の子で、太郎と同じく初体験を済ませておくことに焦っていた感じの処女だった。あの時、痛がる彼女の処女膜をちゃんと貫通させたのかどうかは、曖昧だ。太腿と尻が肉厚だったから、膣との境がわからなかった。ともかく擦れてゴムの中に射精した太郎は、紳士ぶって相手の股にティッシュを一〇枚くらい置いた。前田《まえだ》という苗字だけわかっているが、名を覚える機会もないまま、その一夜だけで交流は自然消滅した。

やがて谷村はテーブルに両肘をついて寝始めた。そこまでもっていくために、太郎もかなり飲んでいた。

谷村が寝た頃には、周りの皆は同じ話を繰り返したり、たいして中身のない話で騒いだりしていた。男たちは、会社の愚痴を言いまくっている。

「転職すれば？」

太郎が言うと、愚痴を言っていた一人は苦笑しながら首を横に振り、グラスに入ったビールを飲む。

「無理だよ。酒飲んで忘れるしかねえよ、毎日」

「なんで？　そんなに今いる会社が嫌なら、辞めるなり転職すればいいだけのことじゃん」

「おまえはたまたま、会社潰れたから仕方なく起業しただけだろう」

他の者が太郎に言った。

「それもあるかもしれないけど、実際に会社経営してみると、自分の視野がいかに狭かったかってわかる。大学を卒業して会社に入るという思考回路を疑わない人たちが、努力しない怠け者に見えるほどにね。なんで皆それを信じてるの、って。まあ俺も新卒のときはそうだったし、大学生みたいに若いうちは仕方ないけど、社会に出て一〇年以上経ってもなんで疑問をもたないの？　昔はさ、日本だって農家とか職人とか個人事業主の集まりだったのにさ、自分の得意なことでビジネスをしようって気にはならないものなのかな。会社に入る、っていう受け身の甘えだから損してるんだよ。そういうメンタルって日本では根深いみたいで、大手企業とか役人とか、安全な雇われの身分の人たちに多いけど、仕事を効率的に進める工夫を一切しようとしないくせに、なにか問題が起きたときの被害者意識だけはご立派な人たちを相手にすると、本当に疲れるんだよね」

「会話をしなよ」

病院の事務で働いている女友だちが言った。

「そういうところだよ」

彼女のその一言で周りの者たちも静かに笑い、いつの間にか目を覚ましていた谷村に太郎は脇腹を軽く殴られた。

「演説聞かせやがって。こりゃ、ポルシェにコイン傷の刑だな」

「やめろ」

谷村はニタニタと笑うが、冗談なのか本気なのか太郎にはわからない。周りの者たちも、ポルシェにコイン傷の刑に賛同し、軽く乾杯している。太郎はグラスにビールを注がれ、「大社長」コールで何回も一気飲みさせられた。これ以上飲まされたらマズいというところで、幹事による二次会の終了と三次会への誘いが告げられた。太郎は高校時代一緒のクラスになったことはあるがたいして話したことのない男の妻が運転する軽自動車で実家まで送ってもらい、物置からボロボロに破れた車カバーを取りだした。ポルシェにかぶせ、穴が空いている箇所をガムテープでとめる。地元にポルシェで来るのは間違いだったか。男の嫉妬を自分は軽く見ていたようだと太郎は思った。年収一五〇〇万円など東京では全然珍しくなく自慢もできないが、田舎では嫉妬されて怒りや恨みを買うのだ。起業しポルシェに乗っている今の自分の視点から、高校時代までの青春を書き換えられるような気がしていたが、嫉妬深い田舎者しかいない地元では、それもかなわなかった。

わずかに吐き気をおぼえ、我慢することもできそうだがさっさと寝たいからと、冷静な足取りでトイレに行き突っ伏し、胃の動きを意識するとすぐに吐瀉《としゃ》物が出てきた。久しぶりでもちゃんと吐けるんだなと思ったのも束の間、呼吸器官に少し入ったのか激しくむせ、のたうちまわり、落ち着くまでトイレで過ごした後、ようやく洗面所で入念なうがいをした。吐き方が昔より下手になっていたことが、太郎にとってはショックだった。

明日はさっさと、ポルシェで東京へ帰ろうと思った。自分の会社という居場所に戻り、ネットワークの力も用い、自分が本当に探しているものを追い求めるのに没頭するしかない。


地下駐車場にポルシェを駐めた太郎は、イベントホールの関係者出入口近くで竹崎、田乃と合流した。会社としては新年数度目のイベントとなる、さいたま市のイベントホールで行われる今日の講演会は、客の人数こそ七〇〇人と多めであるが、サイン会はなしだからそれほど手間はとられない。熊田が5パートナーズ時代から担当している医学博士の講演会のため、彼と稲村の二人は今仙台にいる。特に祝日というわけでもない土曜の午後にイベントがかぶり、社員全員が働いているわけだが、事業拡大のためにはもう少し社員を増やすべきなのかという考えが、太郎の頭でチラついた。

京大を卒業後二五歳まで漁師をやり、漁船に積むコンピューターのプログラミングをきっかけにIT起業家へと転身した塩屋《しおや》氏は、Tシャツにジーパン姿で、秘書の女性を従えてやって来た。待ち合わせの時刻から一〇分ほど遅刻している。

「塩屋さん、着かれて早速で恐縮なのですが、五分後にお打ち合わせをさせていただいてもよろしいでしょうか？」

太郎が言うと、塩屋氏は露骨に面倒くさそうな顔をした。その反応が予測できていながらも太郎は、スポンサーの手前、慣例通りに提案した。

「打ち合わせすることに、意味ありますかね？　僕は普段から、自分が言いたいことはオンラインサロンで発信していますしね。その場で思いついたことをしゃべらないと、過去の発言と内容が重複してしまうから、お客さんにとっても時間の無駄になると思うんですけど」

「ええ、そうだとは思うのですが……それでは、動線や段取りだけ、手短に済ませますので」

「段取りねえ」

太郎は自分では打ち合わせを提案しておきながら、本音を言えばそんなものは不要であり、自分はあなたと同じ考え方をする人間であると言いたいくらいだった。いっぽうで、塩屋氏の言い分もすべて正しいわけではないとも思う。県の消化予算で開かれ、埼玉県民が優先的に招待される無料講演会に来る客たちのほとんどは、有料のオンラインサロンには入会していないだろう。だから過去の講演会やオンラインサロンでしたのと同じ話をしても、問題ない。

形ばかりの打ち合わせを数人で済ませ、太郎が控え室の外に出ると、そこにスーツ姿のおじさんたちが一〇人くらいいた。塩屋氏に挨拶をしたいとのことだった。太郎が控え室に戻り塩屋氏に確認をとると、塩屋氏は億劫《おっくう》そうに頷いた。やがて控え室にぞろぞろと人がやって来て、一方的な名刺の受け渡しが始まった。本当に連絡を取りたい人とは名刺なんかなくても連絡が取れるし、頭のおかしな人に連絡されたくないから名刺交換は無意味だと著書にも書いている塩屋氏は名刺を持っておらず、一方的に渡されるだけであるが。つまりこの場において、頭を低く下げ丁寧な言葉遣いで挨拶し、そのくせ名刺を渡し終えると逃げるように次の人に代わろうとするおじさんたち全員、名刺交換は無意味だとする塩屋氏の著書を読んでいないことが明らかとなっている。

その後も、知事だとか市長だとかなんとか委員長だとか五、六人が椅子に座ったまま残り、二言三言だけ世間話を塩屋氏へ投げかけたが、お茶をすすったり下を向いたりして、気まずそうにしている。

塩屋氏は慣れていて沈黙が怖くないのか、やがてスマートフォンを操作しだした。知事がお茶に手をつけると、他の者たちも一斉に同じことをする。仕事を忘れしばし傍観していた太郎には、初老の男たちが意思のない木偶《でく》の坊に見えた。この場において、主催者側の長は知事であるはずだが、知事はいったいなににしたがって行動しているのだろう。話すこともなく気まずそうにしているのならさっさとこの部屋から出て行けばいいのに、まるで誰かからなにか指示されるのを待っているみたいにだんまりを決め込んでいる。流れを変えたり、工夫する気が一切ない、怠け者の集団だと太郎は思った。

だが、怠け者の集団を舐めてはいけないことも知っている。自分で考えて行動しない怠け者たちは、圧倒的多数派だからだ。太郎は約一ヶ月前に地元に帰った際にそれを実感した。自分たち日本人は勤勉だという幻想を未だ信じているのだ。実態は、正社員ですら時間をやり過ごすことしか考えていない、効率性無視の時間給の国民性なのに。

「それでは、そろそろご準備もあると思うので」

田乃亜香里が提案すると、知事たちは女神の声に救われたというように、そそくさと立ち上がり塩屋氏へ挨拶し外へ出て行った。太郎もあとに続き廊下に出ると、さっきまで部屋にいたスーツの何人かがなぜか外で待機していた。歩き去って行く一行のうち一人が、「講演前の先生は気難しいようで」と塩屋氏のことを言い、賛同しなにか言いたそうな数人が押し殺すように笑った。それを見て太郎はますます強く思った。いくら努力して成功をおさめても、成功者は少数派だから、慎重にやらなければならないのだ。ポルシェの一台も買えないような嫉妬する多数派に、引き摺《ず》り下ろされてしまう。太郎の中でここ最近、ポルシェを買えそうもない人種への苛立ちが強くなってきていた。怠け者たちはポルシェを買えずポルシェの良さが理解できないから嫌いだ。

講演を終えすぐタクシーで会場をあとにした塩屋氏を見送った太郎は、会場から客がはけるのを待っている間、トイレへ行き便器に座る。スマートフォンで塩屋氏のツイッターアカウントをチェックした。すると、一分ほど前に最新の投稿がなされていた。

〈講演会につきものの、もう会わないであろう人達とのどうでもいい挨拶や名刺交換はど

うにかならないものか…。改善しようという人がどこにもいないのは何故？　イベント会社の人達はなにも思わないのか〉

まさにさっきまで自分が心配していたことであったが、太郎はいざ塩屋氏に〈イベント会社の人達〉と責められる対象に自分がなってみて、苛つきを覚えた。半ば理解者のつもりでいたぶん、なおさらだ。塩屋氏が会場まで自分の車で来ていたならコイン傷でもつけてやりたいと思うほどだが、塩屋氏はタクシーで去ってしまったし、そもそも車を所有するなんて無意味だと著書に書いている人だからそれも無理だ。太郎は、車という大切なものを所有していないなんて卑怯だと感じた。

関係者挨拶をしている途中、電話の着信が入った。挨拶を終えたところで着信履歴を見ると、黒木からだった。太郎が電話をかけ直すと、義援金フェスティバルに出演するバンドのベーシストが出演をとりやめたいとゴネだしたため、これから説得しに行くから来いとのことだった。太郎は田乃たちと別れ、ポルシェに乗り高速道路へ入った。

混み気味であまり速度を出せない夕方の高速道路で太郎は、仕事終わりに嫌だなと感じていた。電話口での黒木の口調はかなり苛立たしげだった。フェスティバル開催まで二ヶ月を切った時点でのトラブルに、ピリついている。黒木自身もまだ志半ばの人であるから、フェスティバルを成功させるべくそうなってしまうのは仕方ないと太郎は感じた。同じ旅の仲間としてとことんつきあってやろうと思いながら、ポルシェを走らせる。湾岸線を南下し、神奈川県の大黒ふ頭ＩＣで下道に出てしばらく行くと、倉庫街の一角にたどり着いた。艶やかな光沢を放つ黒塗りのメルセデス・ベンツやロールス・ロイスが駐められている。

太郎がポルシェを駐車させようとしていると、白いジャガーもやって来た。ネットワークの年長者辻《つじ》と、運転手のケンゾウだ。一緒に倉庫の出入口から中に入る。以前聞いたところによるとここは、バンドの起《た》ち上げメンバーたちが数年前のインディーズ時代に倉庫を改修して作った、プライベートスタジオとのことだった。

倉庫の中にはさらにプレハブ型の部屋があり、それが防音仕様のスタジオだった。キュリオスピープルのバンドメンバー六人とネットワークの面々は、スタジオの外にある、ソファーやベンチが置かれた喫煙スペースにいた。ネットで検索しただけで誰のエピソードだったか太郎は忘れたが、たまたま才能あるヴォーカリストだったかギタリストだったかの幼馴染に誘われ、世間の評価としては全然楽器が上手くないのにバンドメンバーとして成功し、たしかメルセデスAMGのゲレンデヴァーゲンを乗り回しモデル等の美女たちを食いまくっている者がいるそうで、なんともズルい奴だと太郎は全員の顔を見回しながら思う。才能ある一人、二人のメンバー以外全員、そんな感じなのではないか。太郎は昔から実力者には嫉妬しないが、実力もないのにおいしい思いをしている者に対しては敏感になった。

辻がソファーに座ると、それまで座っていた者たちも一斉に立ち上がるが、ベーシストだけは傷だらけのチェスターフィールド調の一人がけソファーに座ったままだ。他のメンバーたちが立つよう促すが、無駄だった。

「なに、出たくないんだって？」

禿げ頭に自然な日焼け肌、白髭が特徴的な辻はそう言うと、運転手のケンゾウに火をつけさせた煙草を吸う。

「すみません、今俺らで言って聞かせてるんですが、こいつまだわかってくれなくて……」

「は？　わかってくれてないってなんだよ？　ヤクザ相手にものわかりいいフリして、アングラ気取んなよ」

リーダーであるギタリストに対し、ベーシストが嚙みつく。それを他のメンバーたちがいさめる。場違いな感じで猫の鳴き声がし、太郎が見ると、芸能事務所と消費者金融を経営している一九〇センチ近い巨漢の金子《かねこ》が、スタジオで飼われている猫を抱きかかえていた。頰骨の張った顔に、眼鏡の奥にある細い目は、いかにも縄文人より背が高かった弥生人系の骨格だ。顔のつくりが薄く、骨が太い感じがスーツの生地越しでもわかる。金子に抱きかかえられた白と茶色模様の猫は、全然逃げようとしない。金子の部下でタイ人と韓国人のハーフであるソムは、ベーシストの斜め前に立っている。安いスーツを着た、いかにも鉄砲玉という見た目の彼は、テコンドーとムエタイ両方の経験者だ。

太郎は、現在どこまでフェスティバルの準備が進められ、広告等も含めいくらの金が使われているかについて、ベーシストに言って聞かせた。ベーシストは太郎のことは特にどうとも思っていないようで、太郎が話している間、それまで緊張で鋭かった目つきが少しやわらぎすらした。やがてポマードに色つき眼鏡がトレードマークで太郎と同い年の宇野《うの》と、黒木、猫をかかえたままの金子も一緒に、ベーシストへの説得をする。

八年前に結成されたキュリオスピープルはヴォーカリストとギタリスト、ドラムス以外のメンバーは新規加入や脱退を何度か経ており、ベーシストだけがメジャーデビュー後に加入した。

太郎は詳細を聞かされていないが、起ち上げメンバーであるギタリストがインディーズ時代、とある問題を起こし、それを揉み消すために、芸能界に顔のきく金子に頼ったらしかった。メジャーデビュー後も一度、揉めた関係者と折り合いをつけるため金子に頼った。金子はバンドメンバーたちの弱みを色々と握ったようで、今回の無償出演も断れない仕組みとなっている。しかしその経緯を自分のこととは無関係と考えているベーシストは、なまじ二年前にオーディションで選ばれ加入し腕に自信をもっているからか、態度は大きく、いざバンドがどうにかなっても自分の演奏技術だけで音楽業界のどこでも渡り歩けると捉えているふしがあった。

「あのさ、俺だって全知全能の神じゃないんだからさ、揉み消すときだってそれなりに苦労したんだよ。あの頑張りがなかったら、今みたいな人気バンドにはなれなかったっていうのは、わかるよな?」

そう言う金子の、猫をかかえ持つ腕が締まってきているらしい。猫が鳴き声をあげるが、巨漢の腕からは逃げられないでいる。太郎は猫のことが気になってきた。

「恩があるんだからさ、ちゃんとやってくれよ、約束したことは。他の演者たちは、義援金のためならって喜んでやってくれるんだよ。おまえらよりよっぽどベテランの人たちもさ」

ベーシストが自分で煙草に火をつける。その所作をソムが睨みつけている。金子に抱かれた猫の鳴き声も頻繁になってきている。ソムがベーシストを血まみれにするのが先か、金子が猫を絞め殺すのが先か。太郎は猫に感情移入し、自身の呼吸が浅くなってくるのを感じた。ベーシストが口を開いた。

「いや、俺ら、そんなコード縛りのダサい歌謡曲バンドのおっさんおばさんたちとは違うから。そんな連中目当てで来るフェスの客に、俺らの新しい音楽なんて、わかんないしね多分」

次の瞬間、空中に白いなにかが跳び、うめき声がした。腹をおさえたベーシストがうずくまっていて、唐突に距離をつめていた金子がベーシストの髪ごとひっぱり摑み上げる。

「新しい音楽？　ギターでジャカジャカ、ジャズファンクやって、裏声でジェームス・ブラウンが弱ったみたいな歌い方しやがって、全然新しくねえだろうがっ！　てめえらただのドライブミュージックだろう」

解放された猫が太郎の足もとにまで来て、後ろの金子たちを振り返る。ソムとケンゾウの二人がベーシストの両手両足をおさえた。ソファーに拘束されたベーシストの肝臓あたりを、金子が殴る。軽い感じの殴り方だが、執拗に同じ場所を殴り、悲鳴をあげていたベーシストは泣きだした。

「やります」

その言葉が口にされても金子による殴打はやまず、そのうち「大照」と太郎は黒木から呼ばれた。

「タオル、水で濡らしてこい。あとこれに水も汲め」

手渡された紙袋の中には、白い長めのタオルと、空の一・五リットルペットボトル二本が入っていた。言われたとおりにトイレの手洗い場でタオルを濡らし、ペットボトルに水を入れ戻ると、ベーシストは太い結束バンドでパイプ椅子に縛られていた。出ます、やります、とベーシストが泣きながらうったえかけても、皆無視している。するとソムが濡れタオルをゆるめに巻きベーシストの口と鼻にかぶせ首の後ろで縛りつけ、金子がタオルで覆われた口元にペットボトルの水をかける。苦しそうにもがいているベーシストの様子を見てようやく、太郎は目の前で行われているのが古くからある類いの拷問だと気づいた。溺死の恐怖に襲われているのか全身で抵抗しているベーシストは椅子ごと倒れそうになるが、ソムとケンゾウの二人がそれをおさえ、金子が水をかけ続ける。一分に一度くらいの頻度でタオルを外すと、その間に肝臓のあたりを弱めに殴った。殴られながらも生きるのに最低限度の息をベーシストが吸うと、またその口と鼻はタオルで塞がれ溺死の拷問にうつる。それが何度か繰り返された。

やがて結束バンドをカッターで切られ解放されたベーシストは、その場で俯《うつぶ》せに倒れこみ、ただひたすら荒い息を整えだす。バンドメンバー何人かが助け起こし、ソファーの上で濡れた服を脱がせ、白く細い身体が露わとなった。不思議なことに、白い身体のどこにも殴った痕だったり赤みがない。暴力の証拠がなにも残っていないのだ。後に残されたのは、水濡れの跡だけだ。呆然と見ていた太郎がふと気づくと、巨漢の金子がペットボトルの余った水を猫の餌皿にやっていて、その様子を猫が見ていた。

＊

会社帰りにジムで四〇分ほど運動した太郎は、恵比寿のワンルームマンションへ帰り着いた。ジムではシャワーを浴びず、帰宅してから浴びるのが常だ。短パンのみ穿いた太郎は細い姿見の前で、腹だけが出ている己の変な身体を見る。一時的に腹が出ている状況がもう五年くらい続いているが、これがあと五年続いたら四〇代に入ってしまう。四〇代になって腹が出ていたら、それはれっきとした中年体型として定着してしまい、他もどんどん衰えてゆくだろう。だから三五歳である今のうちに二〇代後半くらいの体型にまでは戻しておかないと、取り返しがつかなくなる。太郎はでたらめに腹の肉を揉んだ。女性向けの読み物なんかによく、揉めば痩せると書かれている。

干していた洗濯物を取り込みがてらベランダから遠くに見える東京タワーを眺め、ベッドに座りノンアルコールビールを飲む。スマートフォンの資産管理アプリを開き、連携している各口座の入出金と残高データを一括更新した。会社の口座も連携させている。太郎にとって、会社の資産は自分個人の資産であると感じられた。今日は家賃とカードの支払いが引かれていただけで、仕事を終えた取引先からの新たな入金等はない。直近の入金は、昨日黒木の会社から振り込まれた二〇〇万円だ。

振り込み明細はまだ届けられていないが、おそらくそれが、先月開催した義援金フェスティバルの報酬なのだろう。それも税込みの。五〇〇万から一〇〇〇万円ほどの間と予測していた太郎としては、取り分の少なさに落胆させられた。主に稲村と熊田の三人で仕事を進めてきた本件に関し、自分を含めた三人の人件費はかろうじてまかなえる額かもしれないが、二〇〇万円では、会社としての儲けにはなっていない。費やした時間と手間を考えれば割にあわないが、会社からの持ち出しがなかっただけ純粋な利益となるぶん、良しと捉えるしかないか。それにしても二〇〇万とは、泣き寝入りできてしまう微妙なラインの額だ。

収入のあてが外れたため、太郎としても不安なことが増えた。四人の社員たちに二ヶ月先である六月のボーナスは払えるが、半期先のボーナスが支払えるか心配だ。給料が低いぶん、ボーナスを減額すれば社員たちからの信頼を失う。太郎はついこの間、竹崎から不安なことを聞いたばかりだ。彼と同期の田乃亜香里が、急成長中のＩＴベンチャーで働いている知人に会社のことを色々訊いているとのことだった。新年度を迎え、身辺のことを考え直すのだろう。テレビキー局のアナウンサーを目指していた上昇志向の高い人間だ。本当にその気になったら、もっと良い企業へ転職できてしまう。太郎としては、田乃のような優秀な女性社員を失うのは大きな痛手だった。入社してしばらくは馴染みのない仕事に忙殺され、転職活動になどとりかかれなかったであろうが、ある程度力の抜き方をおぼえれば、他のことをする余裕もできる。太郎には、田乃が辞めてしまえば周囲から見た会社としての質が一気に落ちる気がした。

もちろん、今回はネットワークにおける試用期間だったと捉えるのが正解だということは太郎もわかっている。新入りの会社員や初めての取引相手など、どこにいったってそういう仕組みだ。適正な利益にありつけるのは、今後だろう。追い求めているものは、そう簡単に手に入らない。旅はまだ続いているのだ。

とはいえ、ネットワークの中で研鑽《けんさん》し出世してゆく自分や会社の将来への期待性だけでなく、目先のキャッシュが、もっと大きな収益が必要だ。事業規模を拡大しない限り、収益が一気に増えることもない。PRやイベント以外での収益源も必要ということだ。なんとかイノベーションを起こし一気に稼げないかと思いもするが、頭の良い家系ではないし、誰でもできる仕事を漫然とやっているだけの日々だから、特になにも思いつかない。

太郎はアップル社製ノートパソコンの電源をつけ、仮想通貨の取引所のアカウントにログインする。少し前に口座だけ作り、空き時間に少しずつ勉強を進めていた。前会社時代に講演会で担当した、五〇〇万円を二年で一二億円へと増やした投資家から、三〇〇万円のオンライン情報商材も買ってノウハウは身についている。勉強でそれなりにコツをつかんだと自負した数週間前の時点では、どの仮想通貨も高値で買い時ではなかったが、チャートをチェックしてみると、ここ数日間は下落トレンドが続いたあとで下の方の値でもみあっていた。今が買い場なのかもしれない。

太郎は自分の生活と会社の運営を半年間まわすために最低限必要な額をのぞき、いくら投資にまわせるか電卓で算出した。約一五〇〇万円だ。ポルシェと同じ金額だと思った。情報商材の投資家の予測によると、太郎が目星をつけているとある仮想通貨は三年以内に七倍から一〇倍になるとのことだ。そこまでいかなくとも、二、三倍にでもなってくれればじゅうぶん儲けものだ。太郎は個人の銀行口座のオンラインページから仮想通貨取引所口座への出金手続きを済ませ、翌朝出社すると、会社の銀行口座からの出金手続きも済ませた。合計一五〇〇万円でとある仮想通貨を買うため、三段階に分けての指し値注文をする。夕方にスマートフォンでアカウントをチェックすると、すべての注文が約定していた。あとはしばらく放置すれば良い。太郎は単純に未来の利益を期待するのとは別に、自分が実労働だけでなく、自分のもっているお金にも働いてもらう次元にまで進めたような気がして、嬉しかった。翌朝チェックすると、買値の平均から五パーセントほど上昇し、それだけで約七五万円分の含み益が発生していた。ビジネスが加速するとは、こういうことなのか。

たった一日でそれだけの含み益を生んだことが喜ばしいからか、午後にネットワークの集まりにポルシェで向かう際にも、太郎の心は晴れやかだった。

もしやる気があるのなら継続して他のプロジェクトにも取り組まないかと打診された太郎は、一度限りの関係ではなく、もちろんやらせてもらいたいという旨を強めに伝えた。

同じような仕事をするとして、もうノウハウはできているわけだから二度目以降は、一度目ほどの手間はかけずにできる。それに義援金フェスティバルの際はそれほど働いていない人もいたから、ビジネスの種類によっては、各人の仕事量も変わるだろう。ネットワークには、ヘルパーを使った高齢者の遺産搾取詐欺、人身売買、芸能界との癒着に関連する強請《ゆす》りというヤバめの事業を行っている者もいれば、繁盛する飲食店経営や国内外の金融商品を扱うファンド運用などのクリーンな事業を行っている者もいる。太郎としては違法な仕事はやりたくないが、違法でなければ、儲けたいというネットワーク参加者たちの理念に自分も賛同しているから、全力を注いで取り組みたい。そうすれば力を得て、死ぬまでに自分の欲望をすべてかなえられるはずだし、ひょっとしたらこの先死なずに済むかもしれないとすら太郎は思った。


会社には行かず、午後一時半からの打ち合わせ先に直接向かえばいいと判断した太郎は、アラームなしで自然に目覚めた。時間があったのでジムに行き、自宅で着替えてからバスに乗る。すぐに降りて少しだけ歩くと、代官山の一軒家造りの中華料理店へ午前一一時半に着いた。

店員に予約の名前を告げると、二階の小窓近くの席へ案内された。先に来ていた瑞恵は、メニューを見ていた。

「なにか頼みたいもの決まった？」

「うーん、ピータンは食べたくて、このランチセットに追加で頼むのがいいかな」

高級とまではいかないがそれなりの価格帯のこの店を太郎が知ったのは、ネットワークの面々に連れてきてもらったからだ。義援金フェスティバルの数日後、打ち上げがここで行われた。洗練された、脂っこくない中華料理の味と店の雰囲気を、太郎は気に入っていた。

「飲み物は、ソフトドリンクでいいの？」

「私は仕事だからジャスミン茶でいい。大照さんは？」

「俺も仕事だし、同じのでいい」

注文を済ませた後、瑞恵は小さな紙袋から数本のボトルを取りだし、紙袋を畳む。辻堂の実家を出て代官山へ早めに着いたため、美白化粧水の類いをぜんぶで一万円近く買ったという。午後二時から渋谷のビルでドラマ撮影の仕事があるからと、畳んだ紙袋と商品を鞄の中にしまっている。瑞恵は急ぎで必要だったわけでもなさそうな物を、太郎と一緒にいるときにせがむわけでもなく、自分で買ったわけだ。

ギャラ飲みでタクシー代を渡すという出会い方からして、つきあい始めの頃こそ太郎は、すぐ捨てられてしまうのではないかと不安だった。しかし最近は、以前ほど物を買ってあげたりなにかにつけて小金を渡したりしなくなっていたが、むしろ最近のほうが瑞恵はちゃんと恋人っぽくなってきた。仕事で辛いことがあったりすると、愚痴のメッセージを気軽に送ってきたり通話してきたりした。

そのかわり、つきあいたての頃ほどには頻繁に会わなくなってきた。思えば去年の一一月につきあい始め、一番楽しい時期とされる半年が過ぎたのだから、落ち着くのも当然か。

「このあとの撮影は、先々週と同じやつ?」

「そう。隔週でオフィスのシーンだけまとめて撮るやつ」

渋谷のビル内にある、木曜日が定休の企業のオフィスを借りて撮影する、地上波のドラマだ。メインの出演者たちには楽屋が用意されるが、瑞恵のようなほぼエキストラのような出演者たちには、楽屋も弁当も用意されないまま、廊下で待機させられるのだという。若手の人たちが楽屋を用意されないことはイベントの仕事でもよくあることだから太郎も知っているが、弁当どころか椅子も用意されないまま廊下で立ちっぱなしで待機とは、聞いたことがない。外に食べ物も買いにいけないまま拘束され空腹に苦しめられ、立ちっぱなしで疲れ、おまけにセリフがないから台本すら渡されないという状況が悔しかったからか、先々週の撮影日には弱音のメッセージがたくさん瑞恵から届けられた。

「今日は、なにか食べ物持ってきた?」

「バナナとパン持ってきた。今ちゃんと食べさせてもらってるから、それは大丈夫だと思うけど」

「立ちっぱなしは辛いよね。せめてパイプ椅子くらい」

「他のスタッフさんたちが立っているから、大部屋におしこまれでもしないと座れないけどね。それよりも、台本を渡してくれないのが困る……そりゃ、私たちにセリフなんてないけどさ」

「動きとか、流れは知っておきたいよね」

「そう。あと、衣装は自前なんだけど、そのときに撮っているシーンがいつなのか、時系列がわからないと、衣装を変えるのにすごく困るの。Aの日の設定で撮っていたときに着てた服とか小物はBの日の撮影では使えないし。まとめて三、四週分、極力セットバラさないで済むように順番ぐちゃぐちゃで撮るから、台本渡されないと衣装の切り替えで本当に困る」

　上品な薄めの味付けのイカと野菜の炒め物を咀嚼《そしやく》しながら太郎は、疲れたり悔しかったりで大変な仕事なんだなと思ういっぽう、芸能の仕事はなんだかんだといって甘やかされた仕事だなと心の奥で思っていた。全然知らない人たち相手に何百回も営業して回ってゴミのように無視されたり、飲まず食わず徹夜で作った見積もりを遠方まで持っていった挙げ句他社に仕事をとられたりという、世間の会社員たちがごく普通に経験してきている苦労と比べれば甘い。瑞恵の話にうなずきながらも心の奥底ではそれに従えていないとき、太郎は、自分の思いがよくわからなくなった。

自分は、性格が良くて若くて美人の瑞恵を愛している。いっぽうで、あまり苦労を知らないであろう若くて美人の女性に対し、上からの目線で教え諭したくなるような感情も時折わいてくる。それこそ迷惑なおじさんのように。どちらかというと、攻撃的な感情だった。太郎の場合、それは表にはのぼってこないと、自分ではコントロールできているつもりでいるが。

ひょっとして、特に才能や専門性のない自分が昔色々と苦労し物事がうまくいかない期間が長すぎたから、その反動で、苦労していない人や怠け者に対し厳しくなっているのかなと思いもした。特に、若くて美人の女たちは勢いのない男になんか目もくれないから、三十数年間無視され続けてきた反動で、復讐したがる心の総体のようなものを、瑞恵に向けていやしないか。それでは昭和生まれの不可解で迷惑なおじさんになってしまう。だから太郎はそういうことを口にしないよう自分を律し、へえとかそうだねとか応えるようにしていた。

「昨日、いつものメンツで代々木上原で食事したんだけどさ」

それに、綺麗な声でしゃべる美人の瑞恵のように、美貌という資本をもっている人を妬む側の人間に自分はいたくないとも太郎は思っていた。才能や美貌、相続した莫大な金といった資本に恵まれた人は、苦労を知らない。本当に能力のある人は、自分の好きなことをやって、理想の結果をだせてしまう。苦労を数多く経験するのは、才能や美貌がないことの証拠ともいえた。だから、苦労を知らない人をなんの疑いもなく責めるのはおかしい。

自分のように色々な苦労を知っている人間ほど、下品だったりもすると太郎は実感している。

芸能の仕事や初めて会ったギャラ飲みもそうだが、瑞恵は才能と専門性をもっている。優れた容姿や演技力をもっていない、たとえばお岩さんみたいな顔面の女性がやろうとしても、やらせてもらえない仕事をやっている。誰にでもできるわけではない、専門性があり、人間にしかできない仕事をやっている点で、自分は瑞恵に対し大きく劣っていると太郎は自負していた。ただ彼女は、才能を金に換えられていないだけだ。

瑞恵といった、なにかしらの才能ある人たちについて少しでも深く考える度、太郎は己の財力の価値がゼロになるかのような宙吊り感を覚えた。たとえば瑞恵自身が金をもっていなくても、才能ある彼女のことは誰かしらが助けようとする。金は、力をおきかえたものにすぎない。金におきかえなくても自分の望みをかなえるための力をもっている人たちだって、多くいるのだ。

「里子がさ、明日フライトがあるから早めに帰るって前から言ってたのね。で、会が始まって二時間くらいかな、結局九時過ぎまできっちり飲み食いしてたの」

「うん」

「でもね、割り勘だってわかってたはずなのに、今日はカードしか持ってなくて現金がないから、今度払うって言って帰っちゃったの」

「なんなんだ里子ちゃんは。うやむやになって払わなくてよくなるとでも思ったのかな」

「本当そう。だから他の皆もさすがにムカついちゃって、そのあと三人でデザートまで食べた後できっちり割り勘したぶんを、三人の銀行口座宛に振り込んでもらうようメッセージ送ったんだ。口座番号も書いて」

「あのドケチはどうしようもないな」

「それに、飲もうって言いだしたの、里子だったんだよ」

「なんかそんなに貧乏くさい人は嫌だな……昨日のギャラ飲みに呼んでなくて良かったかも」

「あ、昨日ギャラ飲みだったんだね。どんな子たちを集めたの？」

「三二歳のグラビアアイドルの子に、何人か集めてもらった。南千住や越谷で実家住まいとか、姉妹三人で八王子でルームシェアとかだったな」

話しながら太郎は、自分が出会う美人の女性たちは皆、郊外とか田舎のほうに家族と一緒に住んでいて、都心で一人暮らしをしている人なんか全然いやしないなと思った。

「瑞恵は、実家から出ようとは思わないの？」

「うーん、結婚したら出る」

太郎は納得しかけたが、それは一人暮らしではないと思った。

「一人暮らしをしてみたいとは思わないの？」

「してみたいけど、お金ないし、実家楽だし」

実家から離れた大学に進学するとか社宅に入る以外で、若い美人の女性たちが一人暮らしをすることはない時代なのか。それもギャラ飲みで出会うような女性たちは芸能の世界にいることが多く、いってみれば被写体として雑誌やドラマ、映画に出て、虚構を作る立場にいる。フォトジェニックな女性として虚構を作る彼女たちがそろいもそろって地方の実家暮らしだなんて、生活臭がありすぎて、全然夢がない。もう日本は本当に貧乏なんだなと太郎は思った。

じゃあ、瑞恵のために都心にワンルームマンションでも借りてあげるべきなのだろうか。しかしそれは自分が求める理想とは違うと太郎にはわかっていた。それでは愛人関係になってしまう。あくまでも自分たちは、自由恋愛の関係なのだ。

午後一時一〇分を過ぎた頃、そろそろ歩いて近くの打ち合わせ場所に向かおうと、太郎は支払いを済ませた。そのときも瑞恵は律儀にちゃんとお礼を言った。

一軒家造りの店の二階から一階へ降りる際、太郎の後ろをついてくる瑞恵が鼻歌を歌った。キュリオスピープルの最もメジャーな曲だ。

義援金フェスティバルの二日目に、太郎は瑞恵を連れて行った。その日はキュリオスピープルの出演日で、それ目当ての客も多く、かなり沸いた。拷問を受けたベーシストもちゃんと演奏してくれた。偶然その場で会ったモデル友達二人と一緒に、瑞恵はキュリオスピープルの終演後、楽屋へ挨拶に行ったらしい。ＭＶにでも出演させてもらうコネを作るため、その後都内で行われたバンド関係者の打ち上げにまで顔を出したことは知っているが、翌日以降の運営のことで忙しかった太郎はそれ以上のことは関知していない。

「MV出してもらえることになった?」

「まだ。でも最近、ちょっとファンになってハマってる」

「聴いてるんだ」

「うん。YouTubeで何回も聴いてる」

「CDとか配信は?」

「買ってない」

音楽の定額配信サービスにも加入していないようで、バンドの打ち上げでタダ飯を食べた瑞恵は、彼らの音楽に対して本当に一銭も払っていない。

店の外は快晴で、午前よりも暑かった。かなり強い日差しがアスファルトに照りつけ、まぶしさで太郎は思わず目を細める。

「大照さんは、次近くで仕事だっけ?」

「歩いて行ける。瑞恵は、渋谷のどの辺で撮影するの?」

「Bunkamuraの近くのビル」

「そうか。駅はあっちだよ」

「歩いて行く」

「ん?」

太郎は瑞恵から撮影場所であるビルの名前を聞き、スマートフォンの地図アプリで経路を検索する。一・九キロもの距離があり、歩くと二三分もかかる。代官山駅から渋谷駅まで一駅区間だけでも電車に乗れば、歩きは五〇〇メートルを六分だけで済む。その検索結果を太郎は瑞恵に見せた。

「ほら、電車乗ったほうが良いよ。この日差しで二三分も歩いたら、日焼けしちゃうよ」

「うん、でもいいよ。近いし。浮かせられるし」

浮かせられる、とは、東急東横線の乗車賃一三〇円のことか。瑞恵は食事の前に、美白効果のある化粧水なんかを一万円近く払って買った。しかし化粧水は基本的にアフターケアのためのものだ。紫外線という、美容にとっての最大の害悪にその身を晒せば、そのあとで塗布する高級な化粧水やデトックスとかハーブとかボツリヌス菌注射とか、どんなスキンケアだって焼け石に水みたいに意味がなくなる。

「……タクシー代、出そうか？」

「いい、歩く」

面倒くさいことを言われている、という表情を瑞恵はした。ムキになってしまったようだ。しかし……老化したコラーゲン繊維は元には戻らない。二三分浴びた紫外線の悪影響は一生身体に残り、それだけ瑞恵を老けさせる。彼女が、日焼けや皺をナチュラルで健康的なものとして捉える人であるのなら、太郎だってなにも言わない。しかし瑞恵は、美白に気を遣い、しわくちゃのおばさんになることを恐れているのだ。そんな人が、目先の一三〇円を節約したいがあまり、二三分も直射日光に晒され確実に老化するほうを選ぼうとしている。時間は巻き戻せないというのに。

なにか絶対に間違っているよ。そう伝えたい太郎だったが、お節介おじさんになりたくないあまり、それ以上なにも言えなかった。二人のすぐそばを、日傘をさしたおばあさんが通り過ぎる。背が丸く太っていて、今さら外見の衰えを気にしてなんの意味があるんだと思えるそんな人が、自分を老化させる一切の時間の流れを止めるかの如く、建物や電柱の影をなぞり去って行った。やがて手を振った瑞恵が、直射日光の下を渋谷方面へと歩き始めた。

夕方、太郎は会社近くのコインパーキングに駐めていたポルシェに乗り、お台場へ向かった。とあるPRイベントで起用した三枚目俳優やマネージャーたちとの打ち合わせがある。先方より、多忙でなかなか時間を捻出できないため、テレビ局の楽屋で打ち合わせをしてくれないかと打診され、太郎は了承した。入館申請が必要で、太郎は先方から送られてきたワードファイルに、自分の所属と車種、ナンバー、色を記入し返送済みだ。

道が混み始めているようで、一般道ではなく首都高に乗ろうと思った。高速道路だといくつかのルートがあるが、所要時間が最も短くて済む地下を通るルートではなく、東京タワーのそばとレインボーブリッジを通るルートを選ぶ。

赤信号で止まったとき、ちょうどバス停の真横についた。下校時だからか、制服姿の中高生たちが多くいる。手元のスマートフォンしか見ておらず、そうでない者たちも、なんとなく虚空に目をやっていたりするだけで、ポルシェに注意をはらってはいない。ただ一人、ベージュのポロシャツを着た太った禿の初老男性だけが太郎のポルシェを見ていて、青信号で走りだしてもしばらく、太郎はドアミラー越しに初老男性からの視線をもらっているのを確認できた。

俺はせっかく三五歳でポルシェに乗り、一番良い時間を過ごしているというのに、そのことをあの初老男性しかわかってくれていない。太郎にはそれが不満だった。さっきの中高生たちは学校教育でちゃんと、若いうちにポルシェに乗っている男は格好いいものだと教え諭されるべきだ。

そんな苛々も、高速道路を走り芝浦ジャンクションの手前より埋め立て地へ入ったあたりで、なくなっていた。傾斜のある橋を左へとカーブしながら上っていると、尻から突き上げられるようなポルシェの挙動を感じながら、まるで空に向かって離陸しているかのように感じる。レインボーブリッジを渡っていると左手の海の向こうに見える晴海のビル群は、大気の関係か、少し白っぽくかすんでいる。このレインボーブリッジみたいな道がずっと続いてくれればいいのになと太郎は思った。

テレビ局に着くと警備員にナンバーを確認してもらい、地下駐車場へと入るスロープを下る。けっこうな急傾斜で、ポルシェならまだしも、ちゃちなブレーキのついた安い背高の車だったら怖いだろうなと太郎は想像する。指定された場所へ駐めるため徐行速度で進む中で、メルセデス・ベンツ、ＢＭＷ、アウディ、ポルシェ、ランドローバー、ジャガー、フェラーリ、アストンマーティン、ロールス・ロイス、ランボルギーニ、マクラーレン、ボルボ、マセラティ、アバルト等、ありとあらゆる高級外車が目についた。地下宮殿のような、コンクリートで造られた静謐《せいひつ》な暗めの空間内は、さながら高級外車の展示場の如き様相を呈している。芸能事務所の社用車とおぼしき国産のバンがたまにあるだけで、過半数がドイツ車だ。ここはドイツなのだろうか。軽自動車なんか一台もない。テレビ局は国産自動車メーカーから多額の広告費をもらっているのに、関係者が誰も国産車に乗っていないなんて、みんな嘘をついているんだなと太郎は思った。

そんな一画に自分のポルシェを駐めてみると、両隣をフェラーリとAMG GTに挟まれ、太郎は自分の911カレラカブリオレが目立たない普通の車に見えもしたが、この空気感と一体化できていることに満足した。さすが高収入の人たちが多く出入りする、テレビ局だ。怠け者の貧乏人たちと違い、車のことをわかっている人が多いのだろう。

局内のスタジオでの収録が三〇分ほどおした三枚目俳優との打ち合わせを楽屋で行った際、太郎はいつものように、車の話へと誘導した。俳優は昔から大きな車を乗り継いできており、今はジープのピックアップに乗っている。太郎の、車にそれなりのこだわりがある人との会話で話題をそちらへと自然に誘導する手腕は、かなり洗練されてきていた。そこで自分のポルシェの話をし、なんだかんだで911はいいよねと言ってもらうのを、生業《なりわい》としてでもいるかのように。太郎と同世代とおぼしき男性ヘアメイクもアウディTT RSに乗っているようで、車談義でしばし盛り上がった。

打ち合わせを済ませた太郎は、地下駐車場を練り歩きながら、気になった車を写真におさめた。良い車で埋め尽くされたテレビ局の地下駐車場は、重厚なコンクリート造りの雰囲気もあいまって、神殿のような非日常的美しさに満ちている。十分ほど見て回った後、自分のポルシェに乗った。話の通じる人たちと一緒の空間は楽しい。急傾斜のスロープを上り地上に出ると、一般道は冷蔵庫みたいに不細工な車であふれかえっていた。

帰りは違う道を走ろうと、一般道を行く。レインボーブリッジの大きな円周をまわる一般道を下りながら太郎は、芸能人と打ち合わせをする際は極力、テレビ局へ行こうと決めた。

会社へ向かう午後六時近くの道は、かなり混んでいる。日がのびているからか、まだ明るい。渋谷の近くの赤信号で止まっているとき、太郎の目の前の歩道を長身のものすごい美女が横断して行き、反対車線の路肩に駐められていた軍の車みたいに角ばったフォルムのSUV、ベンツ・ゲレンデヴァーゲンの助手席に乗り込んだ。左ハンドルの運転席には、サングラスをかけたスポーツウェアの男が乗っている。また少し行くとポルシェの真後ろにオレンジ色の大きなSUV、レンジローバーイヴォークがつき、運転席を見ると、二枚のガラス越しでも美人とわかる骨格の四〇歳前後の女性がステアリングを握り、信号が青になるのを待っていた。

大半の女性からすれば、乗るのは背の低いスポーツカーよりアイポイントが高く室内空間の広いSUVのほうがいいらしいということが、太郎にも肌感覚でわかってきている。

スポーツカーの美しさをたたえる人は多くても、乗り心地等、車に関していうと女性たちは幻想や理念より即物的な楽さを選ぶ傾向にあるようだ。女のほうが男より身体は小さいのに室内空間の広さにこだわるのはなんでなのかよくわからないが、たしかにポルシェのようなスポーツカーは乗り降りしづらいし、その走行性能は空いている高速道路や狭いサーキットにでも持ち込まない限り解放されないであろう。今みたいに都心の一般道ではがんじがらめで不自由だ。

しかし——青信号になり、先頭にいたため一瞬アクセルを強めに踏みロケットスタートした太郎は、身体が後ろに引っ張られ尻を押し出される感覚を味わいながら、思う。スポーツカーは、格好良さといった他人の目を意識した快楽だけをもたらすのではない。ごく短い時間でもそれなりの速度で走っているとき、他人からどう見られたりどう思われようが関係のない無心の快楽がもたらされる。皆がポルシェの良さをわかってくれないと不満がる自分と、ポルシェの走りを主観的に楽しむ自分は、似ているようでいて乖離していると太郎は感じた。まるでポルシェのまわりに自分が二人いるようだ。主観的な乗り手たる無心のほうの自分へと、自分を統一させる必要があるだろう。そのための修行が、ポルシェに乗る時間が足りないのだろうか。誰の目も必要としない、無心のポルシェに到達するためには。

ベッドに寝転がった太郎は、スマートフォンを操作していた。さっき帰りの電車の中で目にした、流野唯による貴重な投稿を再読する。寿司屋での、氷の上にのったお作りと冷酒の写真が載っていた。

〈日本酒の合う和の店、もっと開拓したくなりました！〉

文末はそう締められている。少し迷った末、太郎はコメント欄に入力した。

〈広尾にいい店あるよ〜。ウニやホタテと日本酒の相性が最高だよ！〉

投稿して翌朝にチェックすると、太郎のコメントへの返しが記されていた。

〈行ってみたい！〉

太郎は、自分が流野さんと広尾の寿司屋へ行っているところを想像した。大学時代からの憧れの人と、そんなふうに過ごせるかもしれないなんて。〈行ってみたい！〉という文面は、実際に一緒に行くくらい大丈夫なのだろう。太郎は自分でもよくわからないくらいに嬉しく思った。同時に、ハードルが上がった。流野さんは食事くらい行ってもいいと言ってきてくれているのに、間接的に提案した自分のほうがどうしてこんなに、その機会を貴重だと思い、構えてしまっているのか。

そう、貴重だからだろうと太郎は思った。たぶん、十数年ぶりに流野さんと会ってしまったら、そこからまた時間が流れだす。会う必然性のなかった男女が会えば、男女の仲になるか、これまでどおりまた疎遠になるか、どちらかしかない。だから、万全の態勢で会いたいと、太郎は感じてしまうのだった。今はまだダイエットの途中だし、社長業やネットワークでの新たな仕事で忙しく、万全の態勢ではない。

午前中に渋谷のセルリアンタワー東急ホテルでのPRイベントを取り仕切った太郎は、マスコミや出演者たちを無事に送り出し、同行していた熊田と竹崎に道玄坂でラーメンをおごり昼食をとった。そのあと自分だけホテルの駐車場に戻り、ポルシェで千葉市へ向かった。

市議会議員や鉄道会社の都市開発広報担当者たちと二時間近くにわたり話をした太郎は、それなりに疲れた身体でポルシェに乗り、夕方の高速道路を東京へと戻る。流れるFMラジオからの、お笑い系のパーソナリティーのしゃべりで、太郎は笑うところまではいかないまでも、心をゆるませた。職業としてやっているのだろうが、おかしなことをしゃべるのんきなおじさんだ。俺はといえば裏社会に片足を突っこみ、行政や民間の連中も巻き込んだデカいプロジェクトを動かそうとしているというのに。ラジオパーソナリティーとかミュージシャン、芸能人、スポーツ選手とかの表に出る人間たちは、可哀相な人たちだ。衆人環視により、自由を謳歌できない。いつだって甘い汁を吸い好き勝手できるのは、裏社会で動いている人間たちなのだ。太郎はそのことにここ数ヶ月間で気づくことができた。

歌舞伎町のコインパーキングにポルシェを駐め、黒木のレストランへ向かう。太郎が着いてしばらくすると奥の個室にネットワークのメンバーがそろい、既にビールを飲みだしている男たちの大きな笑い声が発せられたりした。定刻になり、進行中のプロジェクトについての会議が始まる。始まって数分後、太郎は自分がさきほどまで千葉で行ってきた交渉の進捗状況について報告した。途中で不機嫌な口調での質問をはさまれたりするうちに、自分が彼らの期待に応えられていないということに太郎は気づき始め、やがて隣に座っていた金子に胸ぐらを摑まれ、立たされた。

「この二週間でなにも進んでねえじゃねえか馬鹿野郎」

「すみません……」

巨漢の金子に腹を膝蹴りされ、息が吸えなくなるほどの痛みに倒れたくなるも、太郎はなんとか立ったまま頭を下げる。

「向こうに提案してどうすんだよ、こっちのいいように交渉してまとめるって話だったよな」

「なにやってたんだよ馬鹿野郎、使えねえな！　金子さんに手間かけさせてんじゃねえぞ」

向かいの席に座る人身売買の色つき眼鏡にポマードの宇野が、太郎に怒鳴る。太郎はひたすら謝るが、場の雰囲気は硬直しきっているというわけでもない。年長者の辻なんかは、笑いながら二人をなだめている。

「金子さ、あんただって前、浜松の商工会に話つけにいったとき、同じような感じだったじゃない」

昔の仕事でなにかあったのか、それを共有しているらしき者たちが世間話でもしているかのように談笑している。下を向いている太郎の耳にも、ビールのジョッキをテーブルの上に置く音が聞こえた。

「ったく、ちゃんとやれ馬鹿野郎」

金子から最後は小突かれ、席に着いてからもテーブルの下から宇野にすねを蹴られた太郎は、その後の会議での話し合いを詳細にノートにメモした。メンバーの中でそこまでしてメモをとっているのは太郎くらいで、やがて年長者たちからからかわれ半分、褒められたりもした。

ふと、ついさきほどまで恫喝と暴力に怯えていた自分の心情が嘘のように、心身の奥深くからじんわりと温かくなってくる感覚を太郎はおぼえた。裏社会の怖いおじさんたちのもとで命令され、少しでも失敗すれば恫喝されるが、それがとても健全なことのように感じられもする。弱者のための法律が力をもちすぎ、ちょっとしたことでもパワハラと認定され、目上の者が若輩者を正しく指導できないおかしな社会へと今の日本は変わってしまった。そんな中で、色々なことを経験してきた裏社会のおじさんたちは、駄目なものは駄目とすぐさま身体でわからせてくれるわかりやすさと、ある種の健全さを有しているのだ。

大学を卒業して十数年も経ち、ましてや自分の会社を興し社長になってからは忘れかけていた、自分は未熟な若輩者なのだという自覚を、太郎は再びもてた。日和見主義の世間と異なり、自分を若者扱いし叱ってくれるおじさんたちの下でこそ、人間として健全に成長できる。自分はまだ、なにも知らない若者なのだ。

ひととおりの用件が済んでからは、ただの飲み会になった。酒を飲んだ男たちは新入りの太郎に聞かせるように、昔の仕事の話を時折した。誰もが太郎を若者扱いし、リラックスして話した。ポマードの宇野は同い年だが、眉間や額に大きな皺のある顔からして年上に見えるから、太郎としても年下扱いされるのも自然に感じられた。次々と酒が運ばれてくる。太郎は率先して、年長者たちの話にうなずきつつ、アルコールでリミッターを外し自分も心をゆるしてますというアピールをするかのごとく、ビールを続けざまに飲んでいった。

ネットワークに身を置いておけば、間違いない。太郎はそう確信する。非効率さで満ちた形骸的な法の内側から脱し、外側のここにいれば、自分を高みへともってゆくために要する時間が短縮される。自分の望むように使える時間が増えるというわけだ。いってみれば、永遠に生きられる存在に近づいているのかもしれない。

やがて白髭に禿げ頭の辻が運転手のケンゾウとともに帰った。太郎は、自分は酒を飲んでしまったが今日はポルシェで来たことを思いだした。代行を頼むくらいなら明日まで歌舞伎町のコインパーキングに駐めておいたほうが安いかもしれないが、もったいないことをした。そう思いながらトイレに行き大便器に座ってから、スマートフォンで瑞恵に〈今どこにいる？　新宿来られる？〉とメッセージを送った。今日は夕方からオーディションがあると言っていたから、まだ都内にいるかもしれない。すると、事務所の友だちと新宿二丁目でお茶しているとの返信がきた。近くにいる。家までの車の運転を頼みたいから一五分後くらいに所定の場所に来てくれるよう頼むと、瑞恵は〈都会でポルシェ運転できるかな…ぶつけちゃうかもよ⁉〉と返してきた。

太郎の読みより遅く三〇分ほど経過してようやく、ネットワークの面々は店から出た。レストランと同じ並びの喫茶店を太郎は指定していたが、レストランの場所を告げていたためか、出入口すぐ近くの人通りの中に、瑞恵は立っていた。太郎に気づいた瑞恵が手を挙げたので太郎も笑顔で手を挙げ返す。そしてネットワークの面々を見送ろうと振り返ると、すぐ近くに黒木が立っていた。

「あの女」

煙草を吸いながら、黒木は瑞恵のほうへ顔を向けている。

「あのときの女か」

太郎と黒木と瑞恵は、同じ日に出会っている。誘拐まがいのことを瑞恵にしかけた黒木は、彼女の顔を覚えていた。

「あのとき……ええ、はい、まあ」

太郎の酔いは一気に醒めた。ふーん、というようにうなずくと、黒木は待機場所からやって来た社用車であるセンチュリーの後部座席に乗り、去って行った。

「ごめん、待たせちゃって」

太郎が近づくと、少し険しい顔をしていた瑞恵は、ポルシェの置き場所もわからないはずなのに歩きだした。太郎が先導し、コインパーキングへ向かう。

「さっきの人って……」

「ああ、黒木さん。あの日のギャラ飲みにいた人」

「なんで?」

訝しげな顔で瑞恵が口にする。

「今、あの人も交えてビジネスしてるんだよ。この前のフェスもそう。初めて会った日は瑞恵に対して誘拐まがいのことして嫌な感じだったけど、たぶん変に酔っ払ってただけで、ビジネスで会ってるぶんにはそんなに悪い人じゃないんだよ」

「フェスも……そうなの」

瑞恵は納得していない様子だ。そうしているうちにコインパーキングへ着いた。

「ねえ、本当に大丈夫かな? 私辻堂でたまに運転するだけだし、都心でポルシェなんか、ぶつけちゃうかもよ」

「大丈夫だよ。右ハンドルのオートマだし、ニュルで鍛えられたブレーキもちゃんと利くから」

「にゅる?」

「ニュルブルクリンク。ドイツのサーキット」

精算を済ませた太郎は、瑞恵にポルシェの運転席に座ってもらう。助手席に座った太郎は、ウィンカーとワイパーのレバー位置が日本車と左右逆であることだけ、念入りに教えた。不思議な心地がした。まるで自分が、ポルシェディーラーの販売員にでもなったかのようだ。およそ半年前までの自分は、ポルシェのポの字も知らなかったに等しいというのに。太郎は自分のスマートフォンのカーナビアプリで、恵比寿の機械式駐車場までの経路を表示させ、運転席のほうを向くようにホルダーへ固定する。

敷地が狭く出にくいコインパーキングから出るのに、瑞恵は特にアシストを必要としなかった。空間把握能力が高い。太郎は瑞恵のそんな一面を、自分が助手席に乗ることで初めて知った。大きな通りへ出るまでには人通りのある小道を通るため、徐行速度で進む。やがて太郎の目に、反対車線側の、雑居ビルの前に駐められているアストンマーティンDB11がうつった。

「あ、猫ちゃんっ」

酔っぱらいたちの集団がゆっくりと横切っているため一時停止しているとき、前方右側に目を向けながら瑞恵が明るく大きめの声を出した。

「あのデブ猫ちゃん、かわいい。虎みたい。この辺に住んでるのかな」

瑞恵が見ているほうに目を向けても、太郎にはアストンマーティンしか見えない。やがてフロントタイヤの横にいる、縞々模様の柔らかそうな存在に気づいた。

複数車線の大通りに入ってからも、カーナビアプリが事細かに説明してくれるとはいえ、瑞恵はわりと落ち着いて堂々と運転している。太郎は、半年前から急にポルシェにはまりだした自分と違い、車に興味のない彼女のほうが頻度は少なくても実家のある辻堂近辺で長い期間運転してきたのだということを思った。車を運転することに関し、良くも悪くも幻想がない。たぶん今運転していてポルシェの足回りの良さを楽しいとも思っていないだろうし、都心の道を運転することを必要以上に恐れてもいない。彼女にとって車や車のまわりには、現実しかないのだ。

「そういえばさっき、アストンマーティン駐まってたね」

「ん？」

「アストンマーティン。007に出てくるボンドカー。四〇〇〇万くらいするハンドメイドの車で、日本にそんなに数入ってきてない珍しい車なんだよ」

「そんなのあったんだ。ポルシェの仲間？」

「違うよ。そのタイヤの横に、猫がいたじゃん」

「え、全然気づかなかった。そうなんだ」

一匹の野良猫の前では、四〇〇〇万円のあんなに目立つアストンマーティンも、見えなくなってしまうのか。太郎はふと頭の中で、ペットショップで売られている可愛い仔猫が一〇万円だとして、アストンマーティンは仔猫四〇〇匹ぶんの値段なんだなと計算した。そしてすぐに、その計算にはなにも意味がなく、アストンマーティンが瑞恵にとっては一〇万円以下の注目度しかないのだと思い直す。FMラジオから流れる音楽を聴きながら太郎は漠然と、人と人との間で共有できなかったり、伝わらなかったりすることってたくさんあるなと感じた。

「キュリオスピープル」

瑞恵に言われて、今流れている曲がキュリオスピープルの最もメジャーな曲だということに太郎は気づく。

「最近ハマってるんだっけ」

「そう。YouTube でまだよく聴いてる」

ギターをジャカジャカとカッティングしているのはジャズファンク的だが、ヴォーカリストの細めの声と全体的に薄く軽めのサウンドに仕上がっている感じが、最先端の音楽ということなのだろうか。素人がカラオケで歌えるようなわかりやすいメロディラインがない。太郎にはその良さがよくわからないが、瑞恵は好きらしい。

走りだして二〇分ほどで、恵比寿の機械式駐車場に着いた。公道ではない私有地内に入ったということもあるし、一日の走りの最後くらいはポルシェを自分のもとへと取り戻したい気持ちもあり、太郎が車庫入れをした。でっぷりと丸みを帯びたポルシェの尻を見ながらシャッターを閉めたあと、瑞恵の手をとり、ここから徒歩八分の場所にあるマンションへと歩きだした。


「それって豊胸?」

零細アプリ開発会社社長の徳嶋《とくしま》が言うと、言われた二八歳のグラビアアイドルは即座に「違います、最低」と笑いながら切り返し、ギャラ飲みの常連塚井麗華と美人歯科助手も徳嶋を冗談交じりで非難した。こういう場に慣れている彼女たちがうまい具合に受け答えするから場の雰囲気を壊さずに済んでいるものの、仲介役の太郎としては、酒癖の悪いらしい徳嶋の言動に苛ついてきていた。

「で、今夜は誰がヤらせてくれるの?」

「最悪ー」

塚井の素早い突っ込みで、モラルの欠如した徳嶋の発言がギリギリのところでギャグっぽくなる。太郎は塚井に感謝しつつ、斜め向かいに座る同年代の男を内心蔑んだ。これだから、成金は嫌いだ。ずっと真面目にSEをやってきていきなり金と自由を手に入れたからか、遊び慣れていない。きっと大学時代なんかは友達もできず勉強かアルバイトばかりしていたんだろうなと想像がつく。太郎は、いくら知人から紹介された客とはいえ、こいつは大事にしなくていい客だと思った。気を静めるため、最近吸いだした煙草を口にくわえ、火をつける。

すると、身体の凝りをほぐすため上半身を腕ごと上に伸ばしたかに見えた徳嶋が、両腕を下ろしがてら、両隣にいる女性のうち塚井の胸を揉んだ。さすがに一瞬女性たちの殺意を太郎は感じたが、慣れた彼女たちによりなんとかそれも修復される。俺だって、何度もチラ見している塚井の胸を揉んだことなんてないのに! 金を受け取るとはいえ彼女たちの心にも、限界があるだろう。彼女たちを守るため、ここ歌舞伎町で行われているギャラ飲みの場において、警察にも頼れない状況下で、この俺が治安維持に努めなければならないと太郎は思った。

「徳嶋さん、それは駄目だよ」

「ん？」

「もう今日はおしまい。時間だし」

助け船を出したつもりの太郎だったが、女性たちはなぜか当惑気味の様子だ。太郎がそういう強引な手腕を発揮することが予想外だったのだろう。いつもよりかなり早めに打ち切り、太郎は四人を連れ外に出た。

「じゃあ、これから二次会？」

徳嶋が提案し、塚井がなにかサービス精神で言いかけたのを遮るように、太郎は雑居ビルの壁に徳嶋を追いやった。

「もう今日は終わりだよ。現金で払って」

太郎は自分とまるきり同じ背丈の青髭の男につめよりながら、低い声で言う。

「え、ああ、もう本当に終わりなんだ。現金？」

「現金で払えっつってんだよ」

言いながら太郎は警察や周囲の通行人に通報されないよう徳嶋に密着し、目立たないよう小さく膝蹴りした。

「……すみません、あの、今現金あんまりない」

「じゃあＡＴＭでおろせばいいだろタコ」

太郎は徳嶋の背を抱きつつ、一〇〇メートルほど先にあるコンビニ目指して歩き始める。

「ちょっと待っててっ」

女性たちに笑顔でそう言い放ち、肩をいからせるように歩きながらコンビニのATMで金を引き出させると、元の場所へ戻り徳嶋からむしり取った現金を、その場で分けて女性たち一人一人に裸のまま渡した。銀行振り込みをしたり塚井に分けて渡してもらったり、封筒に入れたりせず裸のままの札を美しい女性たちへ不躾に渡すという行為に、太郎はなんだか興奮した。

大通りまで出て、太郎はそこで拾ったタクシーに徳嶋を乗せる。

「ねえあんたさ、遊び方が下品だから、もう二度とこの街には来るなよ」

後部座席をのぞきこむように、それでいて大声で言った太郎を、徳嶋がぼうっとした顔で見ている。怯えている様子がないことが太郎には不快だったものの、軽くうなずきはしたのでそれで満足し、タクシーが出発するのを見送った。

「ごめんみんな。今日の客、あんなに下品だとは知らなくてさ」

太郎が女性三人に軽く謝ると、塚井麗華が苦笑いをした。

「いや、別にあれくらい大丈夫だから。あそこまでの対応しなくていいし」

もう何度も会っているビジネスパートナーの塚井こそそれくらいで済んでいるが、他の女性二人は明らかに、徳嶋だけでなく太郎に対しても引いているようだった。いささか強引にやりすぎたかなと思った太郎は、これ以上追加でタクシー代を払わなくても済むよう、彼女たちと離れるようにいったん歌舞伎町の歓楽街へ戻った。

ネオンや看板に人通り、条例違反をおかしながらも目立たないようにやっている客引きたちの姿等、目と耳に入る情報量が多い。太郎はさきほどのことをふと思いだす。徳嶋に対し、この街に来るなと言ったが、自分が歌舞伎町に来るようになったのはつい最近のことだ。今まで馴染みの薄かった街に、急に馴染んできた。ネットワークの面々とつるんでいるからだろう。すると、進んでいる方向に立ち止まっていた男から、呪文のような言葉をつぶやかれていることに気づいた。

「……さあさお兄さん、おっぱいちゃん、スレンダーモデルちゃん、若い子ちゃん、揃ってます。気持ちいいのはいかがですか」

店の人がなにかを提案してきているのにもかかわらず、細く平板なアクセントで言われるその言葉は商売の言葉ではなく、ほとんどお経だ。

「おっぱいちゃん？」

太郎が訊き返すと、黒服にスキンヘッドの太ったキャッチのおじさんは、しゃべり方がお経から徐々に人間っぽくなってきた。それを見てか、近くにいた別の店のキャッチの若い男がやって来て勧誘のしあいになり、太郎が悩んでいるとキャッチ同士でじゃれ合うような会話を始め太郎がおいてきぼりにされる妙な時間が流れたり、三人で爆笑したりして、やがて最初に声をかけてきたキャッチのマットヘルスの店に決めた。自分には縁がないと思っていた人や世界を理解する過程は、楽しい。

「お兄さん、下半身もお強いんでしょう」

「そうじゃけん」

「楽しんじゃってください」

店員に引き継ぎを済ませたキャッチに言われた太郎の口から、出鱈目な広島弁が信じられないほど滑らかに、無意識的に出た。不思議と、他人の人生まで勝手に味わっているような心地になり、悪くない。

その後、プロフィール上は二五歳だが実際は三〇歳以上、場合によっては自分と同い年くらいかもしれないギャル風メイクの濃い嬢に、太郎は身を任せる。リーズナブルな六〇分コースを選んでいて、素股で一回、パイズリとフェラで一回、ローション手こきで一回と計三回射精した。そしてタイマーの残り時間があと一〇分あったにもかかわらず、さっさとシャワーを浴び六分を残したまま、嬢に形ばかりの礼を述べるとぞんざいに店を去った。性欲を発散させたら面倒なピロートークもなしにその場から去るなんて、プロ相手とはいえ人生初のことだ。俺はもう、なにかに染まっちまったのかもしれないなと太郎は思いながら、JR新宿駅へ向かい歩く。今日もまた、未来から見た後悔が一つ減った気がした。

臨海都市にある会員制リゾートマンションのイベント会場から田乃と一緒に戻った太郎は、山梨県の広報担当者への営業を済ませ帰社していた竹崎から、報告を受けた。自分のデスクで電子煙草を吸いながら聞いていた太郎は、ずぼらに黒髪を伸ばしまくった竹崎が、次の文化講演会等の発注もとれずに終わったことを悟った。

「馬鹿かおめえはっ」

太郎が声を荒げながら会議用デスクの脚を蹴ると、竹崎と田乃の身体がビクついた。遠くの席にいる同級生の稲村も、太郎たちのほうをちらと振り向いた。

「持ち帰ってきてどうすんだよ、その場で決めて来いよ！　どうせ色々消化予算でやってて中身にこだわりなんかないんだから、安値呈示して安い文化人使えばいいだろう！　とにかくその場で決めろよ！」

「すみません」

その後も太郎は他の社員たちが帰社したフロアの中で一人、経理作業に取り組んでいた。外の雨音が聞こえる。電子煙草を吸いながら、静かな空間に一人で作業しているのは悪くない。自宅マンションは狭すぎて、落ち着いてなにか作業をするのには不向きだ。

イベント等が行われた月の末締め翌々月振り込みでやっているビッグシャイン株式会社ではここ最近、安く使える若めの女性文化人を多く起用していた。集客力があるわりに、欲がなかったり、逆に表舞台で細く長く生き残るためか出演料にはうるさくない人が多い。依頼主から出演料込みでの発注を受けた場合、太郎は安く使える彼女たちを起用し、会社の取り分を多くした。ＷＥＢ広告と連動したＰＲイベントではクライアントから出演料込みで二〇〇万円をもらっていたが、美人琴奏者には二〇万円しか払っていない。

出演者たちだけでなく、四人の社員たちへの給与の振り込みもある。さっき太郎は竹崎に怒鳴りはしたが、田乃も含めて若手二人は仕事量のわりには安い給料で頑張ってくれている。社員への給与について嫌なことを思いだし、太郎は引き出しを開け一枚の紙を取りだした。日本年金機構からの、来所通知書だ。昨日突然郵送されてきた通知書の内容は、事業主である法人による厚生年金保険・健康保険への加入が確認できていないから、約一週間後の期限日までに指定の年金事務所まで来所しろとのことだった。そういえば数ヶ月前、年金事務所から電話がかかってきて、給与の支払いを受けている社員がいるのであれば加入しなければならないというようなことを言われたが、電話してきた中年男性の声がボソボソとしていて聴き取りづらかったこともあり、太郎はなんとなく大丈夫そうな気がして無視していた。来所しなかった場合、立ち入り検査や過去に遡っての罰金も生ずる可能性があるという、おどろおどろしい文面だ。行ってきて、ついに厚生年金保険と健康保険に会社負担で加入するしかないのか。太郎は電子煙草を吸いながら、ＯＡチェアの背もたれに深く寄りかかった。

前会社時代から芸能事務所の社長たちとのつきあいもある太郎は、社員ではなく所属タレント扱いにすれば、厚生年金保険といった福利厚生をタレントたちに施さなくてもいいことを知っている。いっそのこと、自社社員たちをなんとかして所属タレントのような契約形態にはできないものか。そして瑞恵のことを思いだした。彼女は事務所の所属タレントだから国民年金と国民健康保険を自分で払っている。タレントだけでなく、マネージャーたち社員もそうしていると以前話していたから、他社もそうなら自社も大丈夫なのだろうと太郎は安心していた。いっぽうで、一つの仕事につき五割もとられ福利厚生もない契約を結ばされている瑞恵の身になって考えると、所属事務所側への怒りがわいてくるのも事実であった。芸能界が全体的にそんなふうであるから、若い美人女性たちが一人暮らしもできず郊外の実家に住むしかなくなっているのだ。芸能事務所は最悪だなと思いながら太郎は、出演者や社員たちへの振り込み予定の表を見て思う。自分も、会社や自分の取り分を増やそうとして、他人の取り分を減らしている。もし瑞恵が取引相手で自分が彼女に対しなんの思い入れもなかったら、同じように彼女の取り分を減らそうとするだろう。つまり若い女性たちの貧困を、こうして自分も間接的に作っているのだなと太郎は初めて思い至った。

裏稼業に手は出すようになったが、自分だって根っからの悪人ではない。できうるなら、払うべき金は払い、皆とは気持ちよく仕事をしていきたいという思いも太郎にはある。今のところ内部留保のキャッシュに余裕はないが、事業も少しずつ拡大できているような気がするし、色々と分散しての投資も始めている。会社を起ちあげて一年八ヶ月の今は頑張りどきなのだろうなと感じた。

打ち合わせ先から電車で帰社している最中にそのニュースを目にした太郎は、弱めの冷房がかけられた車内でスマートフォンのディスプレイを見ながら、自分の平衡感覚がおかしくなってゆくのを感じた。

仮想通貨を一五〇〇万円分買い預けていた取引所が、数週間前に大規模なハッキングに遭っていた事実と、破産申請を出していたことを発表した。

信憑性の薄いネット情報だろうと思い、他いくつものニュースサイト等をチェックする太郎だったが、大々的な速報として伝えられているそのニュースは、本当のようだった。会社に戻ってからテレビをつけ、繰り返し流される記者会見のニュースを、チャンネルを替えながら見る。

「あの中国人社長、とっくに自分の資産はどこかに移しただろう。ハッキングから数週間も経ってるし」

稲村が薄ら笑いを浮かべながら口にした。

「ひょっとして大照、買ってるの?」

帰社してすぐテレビをつけチャンネルをいくつも替えていたからだろう、稲村から訊かれた。太郎は反射的に、首を横に振った。

「いや、なんも買ってないけど」

太郎が半笑いで言うと、熊田が真顔で口をはさんでくる。

「僕も株やFXはスウィングで少しやってますけど、仮想通貨はやりませんよ。そもそもあんな胡散臭い通貨を、胡散臭い社長がやってる取引所で買ってる馬鹿も悪いですよ。どういう馬鹿が買うんですかね」

「早く儲けたいと思う人が多いんだろうな。実体経済はそんなによくないし、株は難しそうだからって」

「そうですよね。FXの基礎もわかっていない馬鹿がいきなり儲け話に飛びつくから、あなるんですよ。自業自得だな」

仮想通貨の周りにいる人たちを斬り捨てる熊田と話しながら太郎は、つい今し方、自分で自分のことを分析しているような語りをしたなと思った。早く儲けたいと思う人。それが、自分でもわかっている自分なのだ。どうしてそんなに急いでいるのだろう。そして、稼いだことはいくらでも人に言えても、損したことは一言も言えないのは何故なのかと疑問に感じた。なにか目に見えざる力に止められているかのように、一五〇〇万円分の仮想通貨を当該の取引所で買っていたことを言えない。会社の金で買っていたからという理由だけではない気がする。人間として本質的な部分で、損したことを言えないのだ。

その日はずっと仕事がろくに手につかないまま、太郎は帰宅した。テレビのニュース番組を流しながら、ネットでも色々と調べる。新たに出てきた情報や識者の見解によりわかってきたのは、破産申請した取引所から仮想通貨や日本円を返還してもらうのは絶望的であり、金融庁非認可の取引所だから政府による補償もないという事実であった。

つまり自分は、一五〇〇万円を、完全に失ったのだ。

太郎の頭の中でそれは、他のものへとすぐに置き換わる。ポルシェ一台分だ。ポルシェと、自分の実質的な年収一年分と、同額だ。三五歳の一年間の頑張り分、あるいはポルシェ一台分、自分は後退してしまったのだ。

シャワーを浴び缶ビールやチューハイを大量に飲んで寝ても、太郎は全然眠れないでいる。やがて自分の会社で働いている自分の姿を俯瞰した像と、ポルシェ911カレラカブリオレ、仮想通貨取引所の中国人社長の顔が何度もめまぐるしく移りかわり、具合の悪さの臨界点に達した太郎は、トイレへ顔をほとんど突っ込むようにして嘔吐した。


平日の代休日の朝に、太郎はアラームで目覚めた。今日はこれから軽井沢へ行く。ネットワークで三つ進めているプロジェクトのうち一つの案件のためだ。まだ眠気があり、辛い。昨夜は帰宅時刻が遅かったわけでもないが、なかなか眠りにつけなかった。ここ最近、そんな夜が続いている。神経が疲弊している感じがした。おまけに喉が少し痛く、風邪の初期症状かもしれない。だがこれから長距離を運転するから眠くなりそうな薬も飲めないため、太郎はコンビニで買っておいたあんパンだけ食べると、スーツに着替えマンションを出た。

小雨が降っていて、まとわりつくような湿気と気温の高さが身体のだるさを倍加させる。ポルシェに乗るために、これから駐車場まで八分も歩くのか。太郎はそのことをとても億劫に思った。そんなに歩きたくない。ポルシェと俺が遠い。月極で八万円も払っているのに、なんでそんなに歩かなきゃいけないんだと感じた。なんなら今から恵比寿駅に行き東京駅経由で新幹線にでも乗ったほうがいいのではないかとも思ったが、今さら変更することすら面倒だ。自分が新幹線より面倒な手段で軽井沢へ行こうとしているのは、一五〇〇万円のポルシェを買い、毎月八万円も駐車場代を払っているからだろうなと太郎は思った。元をとろうとして、面倒くさいことを抱えてしまっている。高いといえば駐車場代以外に家賃も高く、一人暮らしでどうして毎月一五万五〇〇〇円も払っているのだろうと時折考える。初台とか参宮橋とか、交通の便がそれなりに良くて1Kの広さで八万円前後の物件だって、沢山ある。

高速道路に入りスピードを出せるようになると、鬱々とした感じもおさまっていった。空いている高速道路の運転ほど、楽なものはない。シートに座り、右足でアクセルペダルを軽く踏み続けているだけで、時速一二〇キロ前後のペースで進めるからだ。小雨も止んでいて、晴れてきた。

そのうちに太郎は、ポルシェを誰かに自慢するとか、その良さを理解してもらいたいという気持ちとは無縁で、純粋に走りを楽しんでいた。家を出るときは、駐車場まで八分歩くことだとかポルシェのまわりの諸々のことがとても煩わしく思えていたが、尻から前に押し出されるこの感覚を味わっているときは、ポルシェは自分にとって必要なものだと心底思える。

後方から、真っ赤な車が距離をつめてきた。フェラーリのオープンカーだ。ドアミラーを目視し、ドライバーが中年以上の男性だと判別できた。遠くからでもなぜだかすぐにわかる。走行車線を走っている太郎の横に、追い越し車線を走ってきたフェラーリが並ぶ。どんな人が乗っているんだろうと太郎は真横を見た。七〇歳前後の、わずかばかりの白髪を風で後ろにたなびかせた禿老人だった。不機嫌そうな顔つきだ。やがて前方へと離れていった。アクセルペダルを踏むだけだから、直線でスピードを出すくらい、老人にもできる。

その後も太郎は、数々の高級スポーツカーとすれ違う度、どんどん暗い気分になっていった。彼らの存在は、いくら仕事を頑張って地位や金を得ても、本能的には全然憧れられない存在にしかなれないんだな、頑張った先に希望なんてありゃしないんだなと、周囲の人々に絶望を与える。車の格好良さとの落差が大きすぎる。一人で運転して、孤独感がものすごく強く漂っているのだ。単に皮膚がたるんでいるだけかもしれないが、中高年の人たちは皆、楽しくなさそうな顔で運転している。そんな顔でスポーツカーに乗り、いったいなにを追い求めているのだろう。死に場所でも探しているんじゃないかと思えるほど、辛気臭い顔つきだった。太郎は、高級スポーツカーの助手席に美女を乗せて走っている中高年男性ドライバーを、一度も見たことがない。

格好良くきらきらした車には、若く輝いている成功者しか乗っては駄目だ。太郎は週刊誌の記事とかにたまに載っている、野球選手やサッカー選手、若手俳優たちが高級外車を乗りまわしている写真が好きだった。そうでない一般人の中高年たちは、歳をとって肌は皺だらけで髪もなく醜いのだから、逆走防止機能付きのセダンにでも乗り、大人しく禿や白髪を隠してつつましく公道を走るのが、マナーだ。オープンカーで己の醜い姿を周囲にさらすなんて、どうかしている。日本の若者がスポーツカーや格好いい車を買おうとは思えないでいるのは、彼らのせいだろうと太郎は思った。

やがて一般道に出て、しばらく進む。白い霧のたちこめる山道をフォグライトを点け走っていると、霧の晴れた平地へ出た。軽井沢だ。新卒採用で入社し約一〇年間太郎が身をおいていた会社5パートナーズがイベント開催に失敗し、倒産に至る多額の借金を背負った因縁の地でもある。ただ今回自分は、経営センスのなかった二代目社長の思いつきではなく、裏社会の切れ者たちと一緒に仕事をする。失敗の心配などないどころか、また大きな躍進を遂げることが期待できた。

他のプロジェクトより多い人数での視察と打ち合わせを済ませると、夕方、軽井沢在住のネットワークメンバーの邸宅へ案内された。三年前に新築された豪邸だというのに、壁材にはアメリカから取り寄せた古い木材が使われ、心安らげる空間が演出されている。リビングには暖炉と大きな鹿の剝製もあった。太郎はこのあと運転するという理由で酒を断りながらも、有益な話を聞き、時折叱られたりして、この集まりでしか体感しえない己の成長を感じていた。

やがて話題は、破産申請した仮想通貨取引所の話になった。メンバーにはファンド経営をしている芝《しば》氏がいるため、精通しているどころか少し関わってもいるらしく、ネットワークの面々に対し色々と教えてくれた。ハッキングされた通貨が戻ってくることはなく、その他の通貨も戻ってこない可能性が高いが、不透明な部分も多いらしかった。

「俺は三〇〇〇万損したよ、くそ」

芸能事務所社長の金子が言うと、他にも二人、同取引所で売買していたというメンバーが愚痴をこぼした。ただ、彼らにとっては失ってもいい小銭程度での運用だったらしく、皆口ぶりに余裕があった。太郎は自分も損した話をしようと口の先まで出かかったが、言うことができなかった。損した話を、ここでも言えない。言う必要もないが、言えない理由もわからなかった。

「スズキさんのツテで王《ワン》の居場所もようやくわかったから、明日芝さんと、どうなってるか訊いてくる」

長野県産赤ワインを飲みながら黒木が言うと、眼鏡をかけ役人みたいな顔の芝も頷く。芝だけでなく、ネットワークの中核メンバーであるスズキ・タロウの右腕としてなんでもこなしてきた黒木もまた、中国人社長が破産申請をだした取引所のごく初期からどこかで関わりをもっていたようだ。今回の事件で勝機でも見いだしているのか、なにかを進めているらしい。裏社会の悪魔的力をもって、俺の一五〇〇万円分の仮想通貨を取り返してきてくれと、太郎は心の中で願った。

夕方から始まった都内でのイベントの仕事を午後七時過ぎに終えた太郎は、時間を持て余していた。これから会わないかと瑞恵を誘ってみたが、アルバイトを終え家に帰ったばかりだからと断られた。辻堂の実家だ。恵比寿駅近くのスーパーで買った弁当を家で食べながら太郎は、わびしい食事をしているなと自分で思った。

それもこれも、会社存続のために金が入り用で、数百円単位での節約を強いられているのだから仕方がない。先日、年金事務所へ行ってきた。容赦のない来所通知からして、警察の取り調べのような圧をかけられるのかと思っていたが、実際は太郎の予想とは全然違った。中年男性担当者は、「会社起ちあげたばかりの方は、うっかり忘れちゃいますよね」「ご丁寧な説明、ありがとうございます」等、かなり物腰の柔らかい応対をしてきた。ひょっとしたら柔よく剛を制す方針が共有されているのかもしれないが、裏社会で鍛えられ、言葉尻をとられないよう構えていた太郎の警戒心はすぐに解かれ、結局自分の会社の社員たちのために厚生年金保険・健康保険に加入することになった。どうであれいずれはそうするしかなかったのであろうが、それまで国が負担してくれていたものを、半分自社で負担するようになるのは出費として大きい。会社の負担分を、毎月の給与やボーナスを減額することで埋め合わせようかとも考えたが、ただでさえ低い給与を下げたら、田乃亜香里なんかは真っ先によそへ転職してしまうだろう。

給与に不満を抱いている社員たちはそのくせ、税金のこととか、会社が厚生年金等でどれくらいの額を負担するのか、よく理解していない。雇われる人間は、雇う側の苦労に気づかない。太郎も5パートナーズ時代はそういったことに無頓着だった。株で小銭を稼ぐことに興味はあっても節税で大きく支出を減らそうとはしない、熊田のようなサラリーマンが大半だろう。たとえば米国株で配当益を出すと、アメリカで一〇%、日本でさらに二〇%課税されるが、確定申告をして二重課税の申告をすれば、課税がある程度軽減される。しかし現実には、そんな申告をしない者がほとんどだという。つまり金を絶対的なものとして捉えておらず、ただマネーゲームを博打みたいに楽しんでいるだけの馬鹿者たちなのだ。そんな目先の楽しみだけを追っている連中に、自分の取り分を取られたくはない。

酒を買うのも余計な出費に感じさっきは買ってこなかったが、やはり買っておけばよかったなと感じた太郎は、己の腹を揉んだ。ジムにあまり行っていないということもあるが、最近また贅肉がついている。ストレスの影響もあるのだろうか。この脂肪も一気に燃えてくれないかな、たとえばポルシェのガソリン代わりの燃料にでもできれば、一発なのに。二〇歳の頃からの体重増加分一五キロがすべて脂肪だとして、高速道路でリッター一〇キロ進むと仮定して一五〇キロ、静岡あたりまでは行けるだろうなと太郎は漠然と考えた。

ポルシェにでも乗るか。太郎は出かける準備をした。疲れているからか最近は電車移動ばかりで、乗っていなかった。月に数回しか乗らなくても、毎月の駐車場代八万円と、毎年の自動車保険に約二〇万円はかかる。二年ごとに車検だってある。高い維持費を払っているのだから乗らなければ。逆にとらえると、高い金を払っていなければ、本当に乗りたいときにしか乗っていないのかもしれない。金に乗らされている感がなくもなかった。マンションを出ても駐車場までの道のりは遠く、ポルシェを維持することの億劫さにやられて仕方のない太郎だったが、いざ機械式駐車場から出したポルシェのエンジンをかけると、そういった気分もおさまった。俺はポルシェが好きだ。さっき感じていた億劫さへの反動もあってか、太郎は自分がポルシェを好きだということに意識的になった。

夜のドライブといえば、埋め立て地近辺の道を走ることくらいしか思いつかない。奥多摩なんかの山道は夜だと暗すぎる。まずレインボーブリッジを目指して走り、お台場を経由して大黒ふ頭へ向かうことにした。カーナビは一応設定しているものの、ガイド音声を消音にすることで、東京の道に慣れてきた自分の地理感覚と運転能力をさらに磨くことに太郎は努める。

やはりポルシェで走るのは楽しい。駐まっているときのシルバーのポルシェは、いかにも精巧で重厚な金属の塊という、重々しい雰囲気を放っているが、走っているときの感覚はまるで別だ。パワーのあるエンジンに軽い車体の組み合わせにより、まるでものすごく性能の高い動力システムの上に段ボールで作った箱でものせているかのような軽快さがある。

するとしばらく真っ直ぐ続く道で、赤色の大きなレクサスにぴったり後ろにつけられた。そして、右側の追い越し車線から突如として抜かれた。その際、窓越しにこちらを見てくるシャツネクタイの中年男性ドライバーと太郎は目があった。明らかに、同じ高級車同士で対抗心をもたれ、煽られたのだ。瞬時に太郎はキレて、アクセルペダルを思いきり踏み込み、時速一八〇キロを出した。時速一四〇キロほど出していたところから急にペースを上げたレクサスはしばらくポルシェを追いかけようとしてきたが、やがて諦めたらしくドアミラー越しにも見えなくなった。一八〇キロは出し過ぎだが、レクサスに抜かれるのも嫌な太郎はその後もレーンチェンジしながら一五〇キロ弱で走り続ける。今さら法定速度なんて関係ない。なぜなら俺は、法の外側にいる人間なのだからな。堅気の人間が生意気にしゃしゃり出てきて、勝てる相手ではないのだ。

レインボーブリッジとは比べものにならないくらい幅広で長さもある大きな橋を渡り、らせん状の道を進み下り、大黒パーキングエリアに入った。太郎は以前にも一度行こうとしたがそのときは閉鎖されていた。今日は開いていて、トラック数台の他に、セダンやクーペを中心とした様々な車が沢山駐められていた。高級外車ばかりだったテレビ局の駐車場と同じくらい、ここも異様な空間だと太郎は感じた。冷蔵庫みたいな車と軽自動車であふれかえっている今の日本で、こんなにもセダンやクーペを一時に目にする機会はない。徐行速度で進みながらよく見ていると、アニメキャラクターのペイントが施されたいわゆる痛車《いたしゃ》という車が集まっている区画や、シビックや昔のインプレッサといった走行性能を追い求め改造された国産車、紫色のポルシェやエメラルドグリーンのラメペイントのメルセデス・ベンツなど、なんとなく棲み分けがなされていることにも気づいた。

そんな太郎の目を一際ひきつけるものがあった。黄色い小さな車が横一列に五台並んでいる。軽自動車の二人乗りクーペ、ホンダ・S660だった。ナンバープレートの黄色とボディーの黄色が調和しており、それが五台も並んでいる様は、非現実味を帯びている。車は同じものをいくらでも大量生産可能だとわからせる、その無機質然としたたたずまいが壮観だった。ちょうど駐車スペースが空いていたこともあり、太郎はその列の横にポルシェを駐めた。

トイレへ行ってきて、売店で買ったアイスコーヒーを飲みながら、太郎は自分の車の近くにまで戻る。ポルシェに向かって左側にはシルビアとランサーエボリューションという国産のちょっと古めの速い車が駐められており、大学生くらいの年齢のオタクっぽい男二人が車の前で談笑している。いっぽうポルシェに向かって右側のS660の前で集合写真や動画を撮ったりしているドライバーは、全員女性だった。二〇代前半くらいの人から四〇歳前後の人までと、明らかにインターネットを通じて知り合ったであろう年齢の幅広さだった。じろじろ見ていると、太郎は近くにいた四〇歳前後の茶髪のドライバーから視線を向けられ、つい口を開いた。

「いいっすね、S660。なんかの集まりですか?」

「ええ、走行会を定期的にやってるんですよ」

二人が話していると、他の女性ドライバーたちも段々と会話に加わってきた。二〇代半ばくらいの子は恥ずかしがりであまり人と話し慣れていないようだ。太郎はギャラ飲みの仲介をやっているときのように、自然と会話を仕切りだした。

「へえ、皆さん関東でマニュアルに乗ってるなんてすごいですねぇ。やっぱS660に乗る人は、CVTじゃなくてマニュアルに乗るものなんですか?」

「でもホンダ公式の大規模なオフ会では、CVT多かったですよ」

「大規模なオフ会? どんな人たちが来るんです?」

四〇歳前後の人の返答に太郎が訊き返すと、皆顔を見合わせて小さく笑う。

「うーん……初老、って感じ」

二〇代後半くらいの看護師のドライバーが、笑うのを我慢するような言い方で応えた。訊くと、九割五分以上が男で、それも初老以上の人たちばかりらしかった。太郎は、初老の男たちが小さな軽自動車のオープンカーに乗り数百台も集まっている様を想像した。

ポルシェもいいですよね、と流れでポルシェの話にもなり、太郎は簡単にポルシェについて語った後、提案した。

「ポルシェ乗ります?」

すると四〇歳前後の人にポルシェを貸し、太郎が代わりにS660を借りて乗ることになった。MTの操作は教習所以来で不安だったが、シフトレバーがものすごく滑らかにストンと入るしトルクバンドも厚めだからか、PA内を徐行速度で進んでいるだけですぐに慣れた。他の車に先導してもらい、高速道路に上がる。スムーズなマニュアルシフト操作は楽しく、小さな車を自分の意図したギアーで走らせるゴーカート感覚には、ポルシェとはまた違った楽しさがあった。S660は同じ軽自動車でもかつて実家で乗っていた背高のワゴンRとは違い、不快な横揺れがないしっかりとした足回りで、身体の窮屈さをのぞけば、軽自動車に乗っているという感覚はない。

しかし、MTのS660より、一般的なATと似たシフトチェンジ方法のPDKを採用しているポルシェのほうが楽しい。S660の滑らかで軽いマニュアルシフトチェンジは、本当はATやCVTの性能が高水準にある現代の車にMTなんて必要ないのに、懐古趣味のオールドドライバーたち相手にお手軽にマニュアルシフトチェンジを体験させてあげる、とでもいうような子供騙しの匂いを感じるのだ。最新が最良とされるポルシェのPDKには、嘘がない。それに、尻を押し出されるようなRR独特の麻薬的魅力は、MRのS660にはない。S660どころか、他のどの車にもない唯一無二のものだろう。だから俺は、ポルシェが好きなんだ。

段々とバラバラに走るようになり、幌をオープンにした状態で走るポルシェから、太郎は距離を離されるようになった。特にカーブではS660だと不安を感じ減速してしまうため、その間にどんどん離されてゆく。皆と同じく幌をオープンにしたまま走る太郎は、でっぷりと丸みを帯びた尻のポルシェが遠ざかってゆくのを見ながら、俺が追いつけない俺のポルシェはなんて素晴らしい車なんだと思った。

社員たちを会社に残し、太郎は午後七時一五分に南青山の会社から出た。そのまま一〇分ほど歩き、ギャラ飲みで何度か利用したことのあるフレンチレストランに入る。すると、ドアを開けてすぐのところで、流野唯と遭遇した。

「大照君っ、久しぶり」

「ああ」

太郎は間抜けみたいな返答をし、店員に案内されテーブル席につく。ジャケットにパンツのスタイルの良い女性が流野さんだと、はじめは気づかなかった。太郎の中で流野さんのことを思いだそうとしてまず頭に浮かんでくるのは、夜の池袋でホットパンツから露出されていた、ほどよい筋肉のついた太ももと、少し地黒で目が大きく彫りの深い顔立ちだった。

「流野さん、本当に久しぶりだよね」

「そうだね。大学四年のどこかで会って以来だから……」

「一三年ぶり」

「一三年も！　っていうか計算速いね」

仕事帰りの流野さんは、飲料メーカーの営業統括マネージャーをやっているという。全国を転々としていたが、数ヶ月前から、東京エリア勤務になった。太郎は会話しながら、自分の肉体と精神が、大学生当時だった頃の記憶を細胞単位で思いだしてゆくのを感じる。頭の中で、当時ハマって聴いていた音楽のメロディーやジャケットの画まで明滅してくる。

「大照君、社長なんだっけ？」

「自分の小さい会社起ちあげただけだけど。この店も、自分の会社から近いからって理由で指定しちゃった」

「すごいよねぇ」

一三年ぶりに会う彼女は、顔や手脚は当時より少し痩せているようだが、胸といった身体の中心部のメリハリが際立っているように見受けられた。相変わらず彫りが深めの顔立ちだが、どこか雰囲気は柔らかくなっている。

「最後に会ったのって、なんだった？」

「ええっと……」

訊かれてすぐに答えられそうな気が太郎にはしたが、大学四年の頃にまとめて何回か会ったことは覚えていても、どれが最後の記憶だったかがわからない。そのときには、今後一三年間会わないとわかっていないから、明確な記憶として定められないまま埋もれてしまったのだろう。

「なにが最後だったかは覚えてないけど、鶴野《つるの》の呼びかけとかで、就活終わったあたりからやたらと皆で遊びに行ったよね。山手線一周とか」

「した！　懐かしい。カナコが靴擦れして大変だったから、途中どこかのドンキで靴買ったんだった。あと、スノボーもね」

「行ったね！　あのとき俺、初めてだったからウッさんに教えてもらったんだけど、彼滅茶苦茶スパルタで厳しかったから、途中から他何人かとずっと休憩所にいたわ。久々に思いだしたよ、こんなこと」

「卒業式の数日前に、クラブ行ったりね。大学生らしいことしておかなきゃって、焦ってたのかな」

太郎は、当時自分が茨城の実家から最終電車で新木場のクラブに行き、自分だけでなく他のメンツのほとんどもクラブ慣れしていないようだと初めて知ったときのあの安心感を思いだした。童貞を喪失しておくみたいに、彼女の言うとおり、大学生らしいことをしておかなくてはという焦燥感に、皆駆られていたのだ。年齢関係なく、焦りは誰にでもあるものなのか。

「そういえば、歩く広告になるとか言って、大照君、夏の間だけ毎週髪の色変えてたよね」

「え……ああ、俺らが初めて会った二年の納涼祭のあたりかな？　一時期自分で髪を染めまくってた時期あったけど」

「私が全部見たわけじゃないけど、毎週変えてるって皆言ってたよ」

「毎週は大袈裟だよ。イベントサークル入ったから、クリエイターみたいな髪型目指してたのかな」

「後ろから見ると、その前に染めてた緑色と新しく染めた紫色が交じって、コガネムシみたいだったよ。初めてそんな人見たから、びっくりして覚えちゃったもん」

「コガネムシ」

「新潟赴任だったとき、社宅の廊下によくコガネムシがいたから、その度に大照君を思いだしてた」

俺のことを思いだしてくれていたなんて嬉しいな、と太郎は感じながらも、コガネムシと言われて違和感がある。それなのに、流野さんの記憶の中の自分は、コガネムシと強固に結びついていたなんて。

太郎は、今の彼女の異性関係を直接訊く気はない。しかしなにか話したいことでもあるならこちらから促そうと、異性関係にまつわる話をあえてふってみることにする。

「流野さん、彼氏とデート中にお腹が空くとその場で泣きだしちゃうって、話してたよね」

「えっ？　なにそれ？」

「いや、あなたがそう話してたんだよ」

「……ああ、そんなこと一回だけあった。でも、私も忘れてたよ。私、大照君にいつそんなこと話した？　なんで話したんだろう」

「いつって……それも池袋だよ」

「それも？」

夏の夜の池袋でのホットパンツに太もも、彼氏とデート中にお腹が空いて泣いちゃう。太郎の中では一三年間、流野さんのイメージはそれだったのに、本人は覚えていない。太郎も、自分がコガネムシだったことを、覚えていないどころか知らなかった。

彫りの深い顔の人によくあるが、二〇代前半の頃と比べれば目尻の笑い皺の目立つ流野さんは、相変わらず太郎にとっては魅力的に感じられた。今の男子大学生が三五歳の流野さんと接したとき、自分が感じているのと同じくらいに魅力的だと思うのだろうか。少なくとも自分は、一三年前とほぼ変わらないくらいに魅力的だと思っている。そして太郎は、それなりに歳を重ねた流野さんに今もこうしてときめいているのだから、自分はただの若い女好きの変態おじさんではないのだと実感した。生物学的に、人間ではなく獣であったら、女性は若ければ若いほどいいというふうになるはずだが、そうではない。単に若い肉体だけを良しとするのではなく、精神や経験も大事だとする、心の通った人間なのだ。太郎は瑞恵という自分より一二も年下の若い女性とつきあっておきながら、彼女より一二歳年上であり自分と同い年の流野唯へも同じくらい、否、ひょっとしたらそれ以上のときめきをおぼえていることを、なんだかわからないくらいに喜ばしいこととして感じる。

会ってから二時間近くが経過しようとしても、不思議と、恋愛の話にはならなかった。太郎は彼女がいないという嘘をつきたくないから、自分にそのような質問がなされるのを避けているだけだったが、ひょっとしたら向こうもそうなのか。仮に彼氏がいたとして、その話を追求されるのを避けているとする。そうであるとしたら逆説的に、これから男女の仲になれる余地が、残されているともいえた。

「この前、ポルシェで大黒ふ頭に行ったんだ」

太郎はポルシェと、大黒パーキングエリアでのことを話した。

「いいな、ポルシェ。乗ってみたい」

よし！　釣り針に魚がかかったように太郎は感じた。

「今度、ドライブ行こうよ」

「いいね、楽しそう。ポルシェ乗ったことないし」

太郎は、流野さんと近いうちにドライブデートをする約束をとりつけた。


昼過ぎに、撮影モデルをやっている歯科助手の女性から、メッセージが入っていた。自分と他の子たちも全員、今夜のギャラ飲みに行けなくなったとのことであった。出先から帰社したばかりの太郎が折り返し電話しても出ない。今日の客はギャラ飲みで会うのが数度目になる社長で、さすがに塚井麗華中心の人脈で女性たちを集めるのもマズいだろうと、他のツテを使った。歯科助手をギャラ飲みの要員として呼んだことは数度あるが、女性たちを他に二人呼んでもらう役割も頼んだのは初めてで、結果こうなってしまった。美を売りにしている若い女性たちの気まぐれな行動に慣れきっている太郎は、さっさと他をあたることにした。しかし急で予定がつかなかったり、そもそも電話に出なかったり返信がなかったりして駄目だった。

ふと、太郎の頭に瑞恵の上半身が浮かんだ。最初に会ったときの、向かいに座っていた彼女の姿だ。瑞恵とは、ギャラ飲みで出会ったのだ。太郎はしばらく考えるも、ギャラ飲み要員たちからの返事はないし、午後七時からの開始時刻まで時間もないため、気乗りはしなかったが、瑞恵に連絡した。

「もしもし、今大丈夫？」

――うん。家だよ。なに？

平日の昼間に辻堂の実家にいる瑞恵の姿を想像しながら、太郎は事情を説明する。

「俺だって気乗りはしないし、もし余裕あったらでいいんだけど、今夜の飲み会に、友達二人連れて来てくれないかな。相手のおじさんに対しては、俺とつきあっていないフリをしてさ。もちろん、嫌なら全然問題ないよ。彼氏にこんなこと頼まれるのも嫌だろうしさ」

――いいよ、行くよ。

「あ……そう？」

――うん、効率よく稼げるし。大照さんも困ってるんでしょう。

太郎は瑞恵の気分を害すかもしれないと心配していたが、通話している彼女の声はあっけらかんとしている。

――そのかわり、事務所入ってる子とか呼ぶかもしれないから、あまり人目につかない店にしておいてね。

「わかった、そうする」

太郎は銀座の寿司屋の予約をキャンセルし、麻布の肉料理屋の個室を予約した。

定刻には、製麺屋の跡取り社長の他に、瑞恵とＣＡの大谷里子が来ていた。

「すみません、もう一人の子、ついさっき仕事終わったみたいです。それで、ヘアメイクの子も一緒に連れて行っていいかって訊かれてるんですけど、大丈夫ですか？」

瑞恵が社長と太郎に訊くと、四〇代の人の好さそうな顔をした社長は喜んだ。瑞恵が頑張って社長に話題を提供しようとしても、金をもらい時間をやり過ごそうとしている大谷はいつものように口数も少なかったが、牛の他に羊や蛇といった肉料理が出てきたあたりから、それなりに盛り上がっていった。珍しい料理を食べられるのが嬉しいのか、大谷がはしゃぎながら、スマートフォンで料理の写真を撮ったりしている。相変わらず、蜘蛛の巣のように罅割れたディスプレイだ。すると個室のドアが開き、場の空気を一変させる高身長の女性が入ってきた。

「ルミさん」

「瑞恵」

女性が二人入ってきて、そのうちの高身長の明らかにモデルだとわかる女性が、瑞恵と二人で小さく手を振り合った。

「加瀬《かせ》ルミです。瑞恵に呼ばれて来ました」

ああこの人か、と太郎は思った。直前になって「加瀬ルミ」という名前を瑞恵から教えてもらっていたが、そのときは顔を思い浮かべることはできなかったし、どうせ知らない人だろうと思っていた。けれども太郎でも顔を知っているくらいの、女性誌の表紙やらテレビなんかでたまに見かける女性だった。傍らにいる二〇代後半くらいの美しい女性もモデル仲間に見えたが、さっき瑞恵が話していたとおり、彼女は加瀬ルミのヘアメイクだった。太郎の言葉では言い表しようのない、夏なのに色々重ね着したオシャレな格好をしている。ついさっきまでここ港区の現場で一緒だったらしい。

改めて自己紹介がなされた際、加瀬ルミは瑞恵が所属している芸能事務所の系列親会社所属の先輩タレントであると太郎は初めて知った。仕事で何回か共演し、瑞恵はどうやら加瀬ルミに憧れているらしかった。

大谷里子以外の女性三人は芸能・メディア関係の業界人だ。瑞恵は太郎といるときとは異なる少し早口の、同性で同世代かつ同業者のごく狭いコミュニティー内で伝わる少ない言葉数で、テンポ良く会話を進めている。男であり世代も違う太郎にも会話の内容は一応伝わってくるが、それをかみくだき入っていけるような余裕がない。大谷のような学生時代からの友人ではなく、業界の知人と会うとこういう感じなのか。瑞恵がどういうことを不満に思っていて、どういうことを好んでいるかが、自分と二人でいるときより直感的にはっきり理解できると、太郎は彼女たちの会話を聞きながら思った。そして、肉体を合わせたりもしている交際相手の自分が、日頃瑞恵からある程度気を遣われながら接せられているのだと気づいた。

テーブルの下で太郎がこっそり検索すると、加瀬ルミは二五歳だった。スター性のある彼女を中心に他の女性三人も楽しそうに話に興じており、三〇代以上の男二人が邪魔しちゃいけない雰囲気が形成されていた。客である世襲社長としても、まさか加瀬ルミのようにそれなりの有名人が来るとは思っていなかったようで、喜ぶのを通り越して萎縮し気を遣ってしまっている。加瀬ルミは、年上の男二人に対し媚びるような会話を一切しない。男たち二人は、女性たちにほとんど無視され続けながら、愛想笑いをし酒を飲んでいた。

加瀬ルミが来てから三時間弱経ったところで、会を閉める流れになった。社長が払う食事代とは別に、女性たちへのタクシー代と太郎への仲介料を、社長がまとめて太郎へ直接現金で渡し、それを太郎が皆へ配分することになっている。社長がテーブルチェックを済ませ太郎に封筒を渡そうとしていると、加瀬ルミもバッグから財布を取りだした。

「いくらですか？」

「いいですって。タクシー代も払いますから」

太郎は自然と敬語で話していた。

「それ駄目でしょう。自分の食事代くらい、自分で払いますよ」

「いや、食事代は僕のぶんも含めて瀬山《せやま》社長におごっていただくんで、大丈夫っす！　あと、タクシー代ももらってください」

太郎が話している間、怪訝そうな顔をしている加瀬ルミに、瑞恵が素早くなにか耳打ちした。

「え、五万⁉　いや、いらないですって。今日は、友だちのために来ただけなんで」

ギャラ飲みに来た女性からそんなことを言われたのは初めてだったため、太郎はさっきと同じようなことをオウム返しのように言うことしかできない。半笑いの加瀬ルミが段々と面倒くささを感じてきているであろうことが、表情と声色でわかった。

「じゃあ、そのタクシー代、私のぶんは瑞恵にあげて」

店を出て大通りへ出ると、最初に加瀬ルミとヘアメイクをタクシーで送り出し、次に社長を送り出した。五万円のタクシー代をもらった大谷里子も最寄り駅へと向かい歩き始め、瑞恵の手前タクシーに乗ったほうがいいかとも思った太郎だったが、「里子ちゃんと途中まで一緒に帰ろう」と言い、タクシーで行けば一〇分の家までの距離を、地下鉄南北線とJR山手線を乗り継ぎ、徒歩含め二六分かけて帰った。

家のソファーにどっと腰を落とした太郎は、ひどく疲弊していた。あんなに疲れるギャラ飲みは初めてだった。加瀬ルミが現れてから三時間、他の女性たちからもずっと無視され続けた。太郎は現実をつきつけられた気がした。自分で稼ぐ能力のある自立した若い女性からは、ちょっと金回りがいい程度の冴えない男たちは見向きもされないのだ。美しさと若さ、希少性、稼ぐ力という資本をもった女性は、男の金や包容力など必要としていない。

シャワーを浴びる前に部屋着に着替えた瑞恵は、ベッドに寝転がりスマートフォンを触っている。

「今日はルミさんのぶんももらえて、ついてた」

「あ、いる？」

「うん」

太郎は瑞恵の取り分である五万円も不要なのかと思っていたが、よくよく考えれば昼に電話した際、効率よく稼げると喜んでいたことを思いだした。それはいいが、加瀬ルミにあげるはずだったぶんも、本当にもらおうとするとは。なんだか意外だなと感じたが、当初のギャラ飲みメンバーで行った場合にも同額払っていたのだから、結果は変わらないかと、太郎は瑞恵に一万円札を一〇枚渡した。瑞恵はそれをぜんぶ受け取り、財布にしまう。二人でいるときに太郎が変なタイミングで金をばらまこうとすると瑞恵は断ったりしてくるが、ギャラ飲みの一〇万円に関しては、正当な報酬ということなのだろう。

瑞恵がシャワーを浴びに行っている間、太郎はベランダに出て東京タワーを見る元気もなく、点けっぱなしにしているテレビをぼうっと眺めていた。トヨタのプリウスのCMが流れ、たまに音もなく接近してきてぎょっとさせられるあの感覚を思いだす。それほどまでに、ハイブリッドカーは静かだ。心地良く吹き抜けるエンジン音のポルシェとは全然違う。そしてすぐ、ポルシェのエンジン音の魅力を語ってみても、加瀬ルミのような自信をもった女性たちには無視されるんだろうなと想像した。

ここへきて太郎は初めて、エンジン音が良くて走りが刺激的な車に乗るのが楽しいだなんて感じているのは、実は危惧すべき状況なんじゃないかと疑った。社会的にやりがいのあることをやっていたり、人望がありセックスの相手にも困らなかったりする人は、楽しみを車に求めなくても人生が充足しているのかもしれない。車からもたらされる快楽とは、そういったものをもっていない人たちが金を払い即物的に求める快楽みたいだ。エンジン

の振動や音が良いだなんて、考えてみるとわけがわからない。静かなプリウスに乗ってい
ながらにして人生楽しくやれていなきゃ、本当は駄目なのではないか。太郎の脳裏に、あ
の日銀座で見た、マクラーレンに一人で乗る初老男の禿げ頭が甦る。

瑞恵がバスルームのドアを開ける音がし、太郎は自分も入れ替わりにシャワーを浴びる
ことにした。パジャマのズボンを穿き上にブラトップを着た瑞恵はタオルを頭に巻いた状
態で、置いてある歯ブラシを右手に握り、歯磨き粉のチューブを取ろうとした左手で、そ
の隣にあるボトルをつまみあげた。

「これ化粧水？」

Tシャツを脱ぎパンツ一丁になっていた太郎は、瑞恵が持つ英字シールが貼られたボト
ルを見て、しまい忘れたと思った。

「違う」

じゃあなに、という顔で、歯ブラシに歯磨き粉をつけながら瑞恵が見てくる。

「血流を良くする薬」

「血流？」

「頭の」

並行輸入で安く買っているミノキシジルは、男性型脱毛症を改善するための塗り薬だ。
飲み薬のジェネリック薬であるフィンペシアと共に使い始め、もう三年になる。太郎は瑞
恵とつきあい始めてからは、使用後にちゃんと棚にしまうようにしていたが、今日は忘れ

ていた。

「歳とったら、男の人はしょうがないんでしょう」

瑞恵は太郎の頭髪の生え際を見ながら言った後、歯ブラシを口に入れバスルームの外に出て行った。


電話着信音で、太郎は目を醒ました。自分が寝付いてすぐなのか、そもそも夜なのか朝なのかも判別できないほどの眠気の中、ローテーブルの上で鳴り続けるスマートフォンを手に取る。黒木からの着信だった。

「はい、大照です」

——寝てたか。

「はい」

太郎は壁掛け時計を見て、今が午前一時半過ぎであることを知る。床についてから一時間も経っていなかった。

——駐車場に来い。今すぐ。

「……駐車場、って、どこのです？」

——おまえがポルシェ駐めてる駐車場だよ。走って来い。

「はい」

部屋着から下だけ麻のパンツに穿き替えた太郎は、財布と鍵のみ持ち外へ出た。徒歩だと八分かかる機械式駐車場へ小走りで向かいながら、黒木に駐車場の場所を教えたことなどあったか思いだそうとしてみる。そんな記憶はない。

機械式駐車場の前には、黒いメルセデス・ベンツの型落ちのSクラスが駐まっていた。太郎が近づくと、中から男が二人出てきた。ラグビー体型のスキンヘッドの中年男と短髪の若い男で、二人とも太郎の知らない顔だった。車内には他に誰もいないようだ。

「大照です」

「来てもらって助かった」

「あの、黒木さんは」

「黒木さんはいないよ。いいから、車出して」

車ならベンツがあるのにどうしてなのか、という質問をしてはいけないほど、スキンヘッドの男が辺りを頻繁にチェックしていて、人目をかなり気にしているのがわかる。太郎は操作パネルに鍵を差し込み、契約パレットの呼び出し操作を行った。その間に二人は、ベンツのトランクルームから白い不透明のゴミ袋をいくつか取りだし、機械式駐車場の端に置く。

「これ、運んでもらうから」

「中身、なんですか?」

「大丈夫大丈夫。普通の物」

太郎は麻薬とか死体とか、最悪の想像をした。しかし袋の大きさからしてそういうのとは違う気もする。そうであってほしい。ゲートが開きポルシェが姿を現したため、太郎は回転台の上にまでポルシェを後進させた後、操作パネルのボタンを押し回転台を一八〇度回転させる。

「カーナビに住所入れて」

「はい」

太郎はスキンヘッドに言われた住所を打ち込む。神奈川県の、埠頭だった。スマートフォンの地図アプリを起動後、北緯から始まる詳細な座標まで入力させられた。

「ええっと、俺たちはここここを通るから、あんたはそこを通らないルートで目的地まで行って」

カーナビの地図のいくつかの点を指さしながらスキンヘッドが言い、太郎はうなずく。幹線道路や高速道路を通りどこかへ行く彼らは、神奈川の同じ場所へは向かわないようだ。カーナビの提案してきたとおりに進めば、スキンヘッドが指定してきたいくつかのポイントは通らないで済む。スキンヘッドの汗が、ポルシェの革張りのシートに垂れ落ちた。尋常じゃない量の汗だ。

男たちは時間がないのか、ベンツに戻るとさっさと去って行った。太郎はポルシェのそばに立ち、隅に置かれた三つのゴミ袋を見る。駐車場の契約者や通行人に見つからないよう早く隠さなければと焦る気持ちもあったが、こうやって見ると、ビルの管理人が回収のためにゴミを出しているふうにしか映らない。ただ処分したいだけであれば、回収シールでも貼り飲食店の前のゴミ袋にまぎれこませてしまえばいい。しかし、捨てるのではなく、神奈川まで届けるよう言われているのだ。太郎は袋の一つを持ち上げた。

冷たい。片手で結び目を持ち、片手で袋の底を触ってみて、それが伝わってくる。太郎は逃げ出したくなった。物は何重にも梱包されているようだ。ブロック状の物のようだが、なんなのかはわからない。凍らせてでもいるのだろうか。考えたらおしまいだと思った太郎はフロントボンネットを開け、あまり大きくない収納スペースに袋を一つずつ詰め込む。なんだか知らないが、こんな大荷物はスポーツカーじゃなくて、冷蔵庫みたいな車で運べよ。泣きそうになりながら太郎は、ポルシェを発進させた。

カーナビの案内通りに進みながら、FMラジオで気を紛らわせようとしつつも、段々と不安になってゆく。掌に感じた、何重もの梱包越しにも伝わってきたあの冷たさが、不気味で仕方なかった。凍らせなくてはならない物とはいったいなんだ？　アイスや冷凍食品なんかではあるまい。貧困な想像力で考えられるのは、人体くらいしかない。大きさからして胴体や頭部がそのまま入っているとは思えないが、たとえば腕や脚、臓器等だったら、じゅうぶん考えられる。というか、それ以外に考えられなくなってきた。

運転をしながら視界前方に見えるボンネットの下に、それらゴミ袋があるのだ。太郎は、自分の鼓動が異様なほど速くなっているのを感じた。こんなに緊張していたら、神奈川までもたない。とんでもない旅の遣いを任せられたものだ。自分は無事に、自分のおさまるべき世界へ帰還できるのか。そのうち太郎には、あれが人体の一部なわけはないんじゃないかという気がしてきた。冷たい状態で運ぶのが理想的な麻薬の類いがあるのかもしれない。そう考えれば、ブロック状の手応えを感じたのにも納得がゆく。そうであってほしい。

スキンヘッドたちは今、国道や高速道路の経由ポイントを通過していっているのだろうか。どこへ向かうのかは知らないが、経由地にこだわるということは、交通監視カメラやNシステムの設置されている道なんかを通り、アリバイ作りをしているのかもしれない。だとしたら彼らは、警察の類いに追われていたり、目をつけられている可能性がある。もしくは、他の誰かに。

カーナビを見ていると進行方向の左に、警察署があることがわかった。数百メートル走ると、赤い点状の光の灯された建物と駐車されたパトカーが見えてきた。太郎にはその赤い光が、救いの光のように感じられた。思わず左折ウィンカーを出し、徐行速度にする。

しかし警察署に行って、なにをどうするのだろうか。

自分は既に、法の外側にいる人間として、法を犯す行為をある程度してきた気がする。もしボンネットの中を見てもらってなにか発見されたら、それは市民による通報や告発ではなく、自首になってしまうんじゃないか。第一、袋の中に何が入っているのかまだわからない。アイスかもしれない。考えがまとまらず、太郎はウィンカーを消し、車線に戻った。後続車がクラクションを鳴らし通り過ぎていった。

高速道路の入口へと近づいているとき、交差点の先頭で信号待ちをしていた太郎は、クラクションと怒鳴り声に気づきルームミラーを見た。後方の路肩から白いバンが車線へと強引に割り込み、ポルシェの真後ろについた。ミラー越しに、バンの前に座っている男二人と目が合った。反射的に目をそらした太郎は、絶対見られていたと感じた。あの目は、自分に向けられていた。またルームミラーを見ると、肩肘を窓の外にかけている運転手と目が合い、助手席の一人は後ろに向かいなにか大声で言っているのが、漏れ聞こえる声でわかる。日本語ではない、おそらく中国語だ。

青信号に変わった途端、太郎はアクセルペダルを強めに踏みこむ。そして不自然なことに、白いバンも加速しだし、ポルシェの後ろにつこうとしているように見えた。

警察じゃない連中に追われている？　恐怖にかられた太郎は目を見開き、アクセルペダルを底まで踏んだ。骨や皮膚や身体中の体液がすべて後ろにひっぱられ、前に進もうとするポルシェの力を尻で感じる。右に左にと車線変更しながら、視界に入ってくるすべての車を数秒で追い抜かし、黄色から赤に変わったばかりの信号も無視して進む。メーターを見ると、時速二〇〇キロちょっと出ていた。徐々に速度を落としつつ、すぐに高速道路に入った。

高速道路に入ってからも、太郎は一四〇キロほどを維持しながら、頻繁に後方をチェックする。白いバンに乗ったあの中国人連中は何者だったのか。ベンツに乗ったスキンヘッドたちとは利害の対立する連中なのか。それとも自分が過敏になっているだけで、なにも関係のないただ気性の荒い中国人たちだったのか。ステアリングを握る太郎の手も、さっきのスキンヘッドの男みたいに尋常じゃなく汗ばんでいた。

大黒ふ頭を通り、埋め立て地に渡された道を神奈川へ向かう。カーナビの地図の拡大と縮小をしてみて、太郎は今向かっている目的地が、キュリオスピープルのプライベートスタジオの近くであることに気づいた。まさか、と思ってから数分経った頃、FMラジオから、キュリオスピープルの番組の宣伝が流れた。ただそれがいつ録られたものなのかはわからない。

とりあえずの静けさの中で、太郎は自身の内側で噴出している、妙な高揚感に気づいた。警察署に寄りかけ、それをとりやめたあたりから続いているような気がする。自分はとんでもないことに巻き込まれたことに対し、ただ怯えているだけでもないのだ。

なにか状況を大きく動かせる強大な力を、獲得したような気がする。ポルシェのフロントボンネットの下にある物がもたらした作用だ。袋の中身が麻薬なのか死体なのか、それとも核爆弾なのかは知らないが、裏社会の人間たちを右往左往させる大きな事態の最前線で、自分は力を握っている。それは太郎にとり、怖さと同時に全能感をもたらしてもいた。

インターチェンジから一般道へ降りる際、念のため後ろを確認するが後続車はいなかった。太郎はカーナビの案内通りに埠頭内へ入った後、スマートフォンの地図アプリを参照し、指定された座標に向かう。コンテナやトラックの並ぶ空間を、警戒しながら進んだ。

やがて、指定の座標へ着いた。周りにはコンテナと柵があるだけで、誰もいない。GPSに狂いがあるのかと思った太郎は、エンジンをかけたまま外に出た。スマートフォンの地図の表示は変わらない。やがて車に戻り、エンジンを切った。

座標を入力させられる際、数値を入れ間違えたのかもしれない。訊き直したほうがいいかとも思うが、スキンヘッドの連絡先を太郎は知らなかった。黒木なら知っているのだろうか。黒木に電話しようと思ったとき、右斜め前方に人影が見えた。

歩幅は小さくあまりリズム感のない歩き方をしているその人は痩せたおばさんで、ポルシェのほうへと近づいて来ている。ここの夜間の管理人か物乞いの類いかと思っていたらその後ろからもう一人おじさんが現れ、二人揃って運転席のほうへやって来た。まさかとは思いつつも太郎はACCモードにし、サイドウィンドウを開ける。

「荷物、持ってきた人?」

六〇前後の痩せたおばさんに訊かれ、太郎はうなずいた。

「ゴミ袋を三つ、持たされましたが。中に何入っているかは知らないんですけど」

「持ってきたって」

「じゃ、車取ってくる」

太郎の返答におばさんが後ろを振り向きおじさんに言い、おじさんはきびすを返した。

太郎はボンネットを開け、収納スペースからゴミ袋を三つ取りだし、アスファルトの地面に置いた。

「ちゃんとあるみたいね」

「自分は中身知らないですけどね。途中よっぽど、警察にでも行こうかと思いましたけど、さすがにやめましたが」

少し緊張も解けくだけた口調で言うとおばさんに真顔で一瞥され、太郎は余計なことをしゃべるのはマズいと口をつぐむ。袋を持ち上げるおばさんの右手がポルシェのフロントライトに照らされたとき、なぜか透明のかさぶたが固まったみたいなパサパサの手をしているいることに太郎は気づいた。左手は普通だ。やがて軽自動車のバンがやって来て、運転席からおじさんが降りてきた。

「ご苦労さん」

おばさんに言われ、自分の役目はこれで終わりだと知った太郎はポルシェの運転席に戻り、エンジンをかけた。カーナビを設定する前に、とりあえず走りだしてその場から去る。ルームミラーから後ろを見ると、ゴミ袋を軽のバンに積み込んでいる二人の他にもう一人、三人目が彼らに近づいているのがわかった。

高速道路を東京方面へと走りながら、ゆるめのカーブにさしかかる度、車の重量がずいぶん軽くなったようだと太郎は感じた。役目を終え少しは気が楽になったからそう感じているのもあるだろうし、実際に積み荷が重かったという理由もあるだろう。実感としては、助手席に一人乗せてどこかへ送っていった後、自分一人だけで運転しだしたときくらいの差だ。つまりゴミ袋三つで、人一人ぶんほどの重さがあったということか。

都内で一般道に出てから、俺は本当にこのまま家に帰っていいのかと太郎は自問しだした。なにかヤバい仕事に首を突っ込んでおいて、恵比寿のマンションに帰って朝まで眠れるのか。やっておかなくてはならないことはないのか。太郎はカーナビで警察署を探した。さっき入ろうとしてやめたのとは別の警察署が、進んでいる方角にあった。

自分は自首でもしようとしているのか。迷いはあったが、警察署が近づくと太郎は導かれるようにして右折ウィンカーを出し、今度はちゃんと警察署の敷地内に入った。

不思議なことに、黒木の顔が思い浮かぶ。自分を裏社会へと引き寄せた張本人であり、仲間でもあるあの男を、出し抜けるような気がする。かつて自分とは雲泥の差の大きな力をもっているかに見えたあの男の進退も、今では俺に握られているわけだ。太郎の中で再び、全能感が湧く。

パトカーが二台駐められてはいるが一般利用の駐車場はないことに気づく。警棒を持ち門番をしていた制服警官がポルシェに顔を向け、ゆっくりと歩み寄って来た。太郎は建物に対し斜めの角度にポルシェを駐めたままエンジンを切り、外に出た。

「こんばんは。ご用件は?」

警官は太郎から二歩ぶんくらいの距離を開けている。そして質問された太郎は、ご用件はなんなのだろうと自問した。俺はいったいなにかしたのか。人から頼まれて、物を運んだだけだ。ボンネットを開けても、今は空っぽだ。袋で厳重に梱包されていたから血痕だとかの痕跡もない。警察の管轄のことはよくわからないが、警察は隣り合った都道府県で仲が悪かったりもするらしいとはよく聞く。何を運んだかもわからず今その物がどうなっているかもわからないのに、東京の警察にわざわざ神奈川の埠頭へ行ってもらうのか。

「すみません、カーナビの調子が悪くて迷っちゃったんですけど、恵比寿ってどっち方面ですかね？」

太郎は道を訊いた。警官は、恵比寿は、とつぶやきながら指と口頭で教えてくれた。

「あとすみません、トイレお借りしてもいいですか？　どうしても、我慢できないんですよ」

品川ナンバーの車のドライバーが恵比寿の方角を訊くとは、不審だったかもしれない。本当の目的はそれであったとでもいうような笑み混じりの口調で言うと、警官は署内一階のトイレの場所を教えてくれた。ヘコヘコ頭を下げ、太郎は警察署に入る。トイレの小便器の前に立つと、適当に言っただけであったが小便が長い時間出続けた。永遠に終わらないのではないか。ゆうに三〇秒は出続け一分に達するんじゃないかと思ったところで、ようやく止まった。強い尿意を忘れるほど、心身が緊張していたのだ。

門番の警官に何度も礼を述べると、太郎ははるか昔教習所で習ったときのように右と左、ルームミラーを指さし確認までし、完全に車の流れが途切れたところで、ゆっくりと車道に出た。

東京駅八重洲口からすぐ近くの大型オフィスビル内のホールで、講演会が始まった。銀行主催で取引先相手に毎年行っているもので、今年はベテランの男性直木賞作家が呼ばれていた。よく小説がドラマの原作に使われている人だ。平日の午後四時開始だが、二〇〇人弱分の席はびっしり埋まっている。登壇者が誰であるかにはかかわらず、融資を受けている取引先の客たちも、半ば義務感のように誰かしら社員を参加させているらしく、毎年の来場者数はほぼ変わらないようだった。作家が少し笑い話をしても、経営者の割合が多い男性客たちはほとんど笑わない。その代わりに、皆真面目にメモをとっているようで、雰囲気は悪くなかった。

「ちょっとこの場、任せていい？」

あと八〇分近く行われる講演会をずっと聴き続けていられる自信のなかった太郎は、隣に立っている田乃亜香里に言った。

「はい」

「なんか体調優れなくてさ。さっき通された控え室で休んでくる」

「わかりました」

太郎は客席最後部の重厚なドアをわずかに開け、外へ出た。あまりないことだが、自分たちイベント会社向けにも用意してもらった控え室へ行き、テレビをつけ水を飲み、一息つく。

昨夜は全然眠れず、午前五時から八時半まで、無理矢理寝た。そして今さらになって眠気と、頭痛に襲われている。ここ最近、慢性的な不眠や体調不良が続いている。ジムにも全然行けていないのに、顔周りが痩せてきていた。革靴を脱いだ太郎は合皮のソファーに寝転がり、水を飲んだ。食欲もなく、朝からろくに食べていないが、テーブルの上にある、講演者の控え室用に自分たちで持ってきたお菓子の余りを食べる気にもなれない。ドラマの再放送からチャンネルを替え、ニュース番組にした。

ヘリコプターからの生中継映像が流れていて、場所は都心のようだった。なにが報道されているのか把握しようと、太郎は画面の数ヶ所に表示されている固定のテロップを読む。そして実況キャスターやスタジオのアナウンサーたちによる会話で、なにが起こったのかを理解した。

大規模なハッキングに遭い破産申請を出した仮想通貨取引所の中国人社長が、両手両足を切断された状態で昼間、東京証券取引所の正面玄関前に車から捨てられた。

太郎は食い入るようにそのニュースを見続け、チャンネルを替え、スマートフォンでも調べた。どうやら件の社長は、破産申請を出す前に、幹部数名でそれぞれ個人的に所持していた仮想通貨を一人あたり数十億円分も法定通貨へと換金し、海外複数の私的口座へと送金していたらしい。会社として倒産しても、個人の金融資産は、ましてや中国等の口座に送られた金は賠償責任にあてなくても済むという目論みであることは明らかだ。そんな社長と幹部数名は一〇日ほど前より誰からも連絡がつかなくなっており、中国本土への逃亡が噂されていた末に、今回の事が起こった。テレビでは報道されていないが目撃者情報によると、両手両足を切断されただけではなく、両目もくり貫かれていたらしい。

殺してどこかに埋めるのではなく、死なないように止血処理をちゃんと施し視力も永久に奪った上で、人目につく場所に放るとは、その残虐性は殺人をも超えている。莫大な富と、そこから生まれる永遠に近い自由な時間をつかみかけた男は、試練をつきつけられたあとの選択を間違い、永遠の闇の中を彷徨《さまよ》うこととなったわけだ。

ダルマにされた社長が捨て置かれた東京証券取引所は、ここから徒歩圏内だ。そして、なぜ東京証券取引所の前なんだと太郎は思った。仮想通貨は、東京証券取引所とは全く関係がない。見せしめの意味合いであれば、仮想通貨取引所の本社前にでも置くのが普通だろう。なんとなく、日本においての金融の象徴である東京証券取引所の前に、深い考えもなく置いたとしか思えない。犯人のその出鱈目さと大胆さが気持ち悪い。そして、午後一時半に防犯カメラだらけであろう場所でバンからダルマを放り捨てるという、大いに目立ち目撃談等手がかりを残しまくりの犯行にもかかわらず、未だ犯人が捕まえられていないという現実が、不気味で仕方ない。

太郎は激しい動悸と吐き気を覚え、パニックにならないよう、深呼吸をした。

ネットワークの黒木と芝は、中国人社長と関わりをもっていて、話を聞きに行くと話していた。ちょうど八日前、自分はゴミ袋を神奈川の埠頭まで運ばされた。今から三時間前に犯行現場から去ったというバンは、今どこにいるのか。ひょっとしたら近場で、このビルの駐車場にでも駐められているのかもしれない。なにしろ犯行現場が近すぎる。車を乗り捨てた犯人たちがこの控え室までやって来る想像を、太郎はやめられなかった。なぜだかわからないが自分も手をかけられダルマにされるような気がするし、自分が手をかけて社長をダルマにしたような気もする。

こんなとき、どうすれば良いのだろうか。誰にも相談できないことがたて続けに起こりすぎている。気分転換したり、今とはまったく違う状況に身を置き、忘れるしかないように太郎には思える。自然と、瑞恵の顔が浮かんだ。今夜会おうかと思いたつが、もう二週間近く会えていないし、なぜだか連絡もほとんどない。太郎は彼女が最近送ってくれたメッセージを見返してみる。なにか、文面から不自然さが漂っていた。瑞恵の文章ではあるのだが、その前に彼女が打ち込んだ文章から真似ているような、他の誰かが模したといわれたほうがしっくりくる、温度が低く無機的な文章だ。

太郎は最悪の想像をする。黒木は、瑞恵と会ったことがある。それも二度。一度目はギャラ飲みで彼が瑞恵に対し誘拐まがいのことをしようとしたときで、二度目は、ネットワークの会合終わりに歌舞伎町まで瑞恵に来てもらったときだ。黒木は二人の関係性を知っている。自分は気づかぬうちに大きなミスでもおかしていて、水面下でなにか悪いことが確実に進行しているのではないか。もしくは、殺人未遂やそれの示唆を行った黒木が、暴走気味になり、己の欲望にしたがい瑞恵を誘拐したか。

〈今どこにいる？　ちょっと心配なんだけど。できれば電話して〉

太郎は瑞恵にメッセージを送った。彼女の手にスマートフォンがなければ意味がないため、彼女の実家に電話をかけようかとも思うが、それも知らない。連絡したければ、ポルシェで彼女の実家に直接行ってみるしかないか。瑞恵の知人である大谷里子等数人にも、彼女と最近会ったか等確認するメッセージを送った。

そうこうしているうちに、瑞恵からメッセージが届いた。

〈ごめん、最近色々あって。今度まとめて話すね〉

すぐに返信があるなんて、久しぶりのことだ。彼女以外の誰でも書ける文面でしかない。それでも、返信はあった。これをどう捉えどう行動すればいいのか、太郎にはわからない。警察に行っても相手にされないだろう。

悩みつつもなにもできないまま時間を過ごしていると、控え室のドアが開き、田乃が顔を現した。

「社長、そろそろ」

講演会の撤収作業も終わった段階で、田乃が切りだした。

「今日、ご予定空いてますか？」

「今夜……空いてるけど」

「竹崎や熊田さんたちも交えてこの後七時から飲む予定なんですけど、よかったら社長もいらしてください」

田乃から笑顔で言われた太郎は、自分の誕生日パーティーを催してくれるのだなと察しがついた。つい数日前の八月六日、太郎は三六歳になった。

「……ひょっとして、具合でも悪いですか？　顔色が」

「大丈夫、家に戻ってちょっと仮眠してから、行くよ。皆と飲みたいし」

太郎は電車と徒歩で恵比寿の自宅に帰ると、飲み会までの一時間半をどうやってやり過ごそうかと落ち着かなかった。狭く天井も低いこの部屋で過ごすことが、我慢ならなかった。思いたち駐車場まで歩くとポルシェに乗り、近くのガソリンスタンドへ行った。手洗い洗車に定評のある店で、外洗いを何度か頼んだことがあったが、太郎は初めて室内清掃も頼むことにした。室内やトランクのファブリック部分にスチーム洗浄も行う高級コースで、今からだと仕上げてから乾燥させるまで四時間はかかるという。太郎はそれでもかまわないと了承し、外洗いを終えマット類やトランクにスチーム洗浄が行われるのを遠目からじっと見続け、やがて歩いて最寄り駅へ向かった。

赤坂でのネットワークの会合が終わったのは、午後九時近くだった。太郎は自分が担当している三つの案件に関し、堅気にしか見えない須田沼《すだぬま》という二〇代の者へ、ほとんどの情報を共有させた。数日前に、そういう指示が入ったからだ。自分以外の者の視点を取り入れることで、より客観的に判断を行うことができる。ついにネットワーク内で、部下のような者までできたということだ。情報共有を指示してきた黒木は、今夜の会合に顔を出していない。

「じゃあ今から、新規案件の視察に行ってきます。宇野たちと、大照も来い」

巨漢の芸能事務所社長金子に皆の前で言われた太郎は、とりあえずうなずく。今から視察とは、どこに行くのか。近くにいた同い年のポマード宇野に敬語で訊いてみると、大規模な太陽光発電の用地開発のため、視察に行くとのことだった。メンバーのうちの一人である不動産会社社長の会議室で会合は行われていたため誰も酒は飲んでおらず、ポルシェでついて来いと太郎は宇野から指示された。

高速道路に入ると、ジャガーの後ろについて走る。しばらくすると、遅れて出発したメルセデス・ベンツVクラスのバンがポルシェの後に並んだ。カーナビに目的地も設定しないで遠くへ行くのは、太郎にとって初めてのことかもしれなかった。

埼玉県北西部で高速道路からおり、車通りや街灯の少ない一般道を進む。段々と細く勾配のある道に入っていった。太郎はふと疑問に思った。太陽光発電について詳しくは知らないが、用地の視察というからには、太陽光の向きであるとかパネルに対し影ができないかのチェックを行うのだろう。それは、太陽が昇っている日中にやったほうがいいのではないか。夜中にやって、意味があるものなのか。

ヘアピンカーブや上下する道を進んでゆくと、標高がどんどん高くなってゆく。カーナビの現在位置表示からもわかるように、完全に秩父の山奥に入っていた。街灯もなく車のヘッドライトと月明かりしか光のない場所で、太郎は段々と不安になってくる。本当に太陽光発電の用地視察なのか。それともこの前神奈川まで物を運ばされたときみたいに、厄介事を任せられるのではないか。だがそれにしては車三台分の人員と、人が多すぎる。ひょっとして、俺がなにかされるのか。

最も嫌なことを考えた太郎は、大袈裟な考えだとは思いつつも、周囲の道を真剣に観察する。車一台とすれ違うのが精一杯の細い山道で、前を行くジャガーを追い越して逃げたり、ましてやUターンをして後ろのベンツVクラスを振り切って逃げるのは困難だ。そうこうしているうちにジャガーが左ウィンカーを出し、闇の中の小道に入る。目の前の車道が空いたが、咄嗟の判断で太郎は直進することなく、左折してジャガーの後ろに続いた。Vクラスも左折し、車一台分の幅しかない未舗装の小道が塞がれたところで、自分の判断は間違ったかなという気が太郎にはした。

日中でも誰も通らないんじゃないかと思える、山の斜面の中腹にあるスペースで、ジャガーが駐まった。たまたまかもしれないがVクラスが小道を塞ぐようにして駐まり、太郎もポルシェを駐める。ジャガーから宇野と、年長者の辻の部下であるケンゾウが、ヘッドライトを点灯させたままのVクラスからは金子に部下のソム、先日スキンヘッドとともに駐車場前までゴミ袋を運んできた若い男、それに黒木が出てきた。

会議に現れなかった黒木と今日はじめて顔を合わすだろうに、年下である宇野たちの誰も彼に挨拶をしない。一人だけ反射的に頭を下げた太郎だったが、自分に目を向けてくる黒木の顔を見て、これから自分にとってとても嫌なことが起こるのだと一瞬で悟らされた。

「お疲れ様です」

太郎が口にしても、近づいてきた黒木はただ見下ろしてくるばかりだ。

「おまえ、袋の中、見たのか？」

「へ？」

黒木がうんざりしたように太郎の横へ目を流すと、次の瞬間右足に衝撃と痛みが走った。よろめきながら太郎は、ソムに蹴られたのだと知った。

「物を運んだだろう。車で。中身見たのか？」

「いや、見てないです。袋の結び目ほどかないまま、届けましたよ」

「じゃあなんで警察行ったんだ？」

太郎は答えることができない。なぜそれを知られているのだ。すると今度は腹を殴られ、その場にうずくまった。絶望的な痛さだが、どこか他人事のように、ソムはまだかなり手加減しているなとも感じる。その証拠に、なんとか会話を続けることはできた。

「行きと帰り、二回も寄って、帰りは中に入っただろう」

「いや、行きは間違って入りかけてしまいまして、帰りは、トイレ借りただけですよ」

今度は真正面から金子がやって来て、暴力をふるわれるのだなとわかっていながらも太郎にそれを避ける権利はなく、大きな手でビンタをされたあと、両肩を摑まれ胸に膝蹴りされた。息が詰まり、太郎はしばらく四つん這いになったまま呼吸を整えようとした。

「警察になに話したんだ？」

ソムほど加減のきかない金子につま先で胴体を小突かれながら訊かれ、太郎は首を横に振る。

「嘘じゃないです、なにも話してません。本当です。トイレ借りただけです」

「なんでコンビニとかスタンドじゃなくて、警察のトイレ借りるんだよ、おかしいだ、ろ！」

リズミカルに金子に蹴られ、太郎は草の禿げた土の上で転がる。口に入った砂を唾ごと吐き出すと、また金子に強く蹴られた。

自分は、嘘は話していない。あの日警察署では門番の警察官に恵比寿までの道を訊き、署内のトイレを借りただけだ。色々と不安に思ったし、自分が黒木を超越したかのような妙な万能感を一瞬もてあそびはしたが、事実に関しては、本当のことしか話していない。話していないことはあるが、話したことは本当だ。それだけは自分でもわかっていなければならないと思いながら、太郎はその後何度同じ質問をされても同じことを答え、なぶるように蹴られ殴られた。

そのうち太郎は、自分が黒木たちの言うように嘘をついているのかもしれないと思い始めた。

「穴掘れ」

黒木が言うと、ケンゾウが太郎に向かって大きな新品のシャベルを投げた。一メートルほどの長さのある木の棒に、ピカピカの鉄の板と取っ手がついているものだ。錆びているのではなくピカピカの新品で、わざわざこのために買ったという事実が、太郎の恐怖心を倍加させた。

「なんの穴、ですか？」

「一メートルくらい掘って、それを埋めろ」

気づくと太郎の斜め後ろに、不透明の白いビニール袋が一つだけ置かれていた。あの日運ばされたのと同じビニール袋のようだが、中に入っている物の大きさはだいぶ小さそうだ。こんなもの、ここから雑木林の斜面に投げ込めば誰にも見つからないだろう。誰かの人体の一部のようにも思えたし、肉屋で適当に買った鶏肉かもしれない。本当は埋める必要のない物を埋めるために穴を掘れと言われて、他の誰も手伝わない状況下で、自分だけが穴を掘らされる。どう考えても、最悪の想像しかできなかった。

「早くしろ」

年下のソムからも言われ、太郎はシャベルを握り、地面に刺す。するとソムたち至近距離にいた者たちは少し距離を空けた。ますます、この状況を打開させられる確率は低くなった。シャベルで殴って回って逃げることもままならない。地面を掘っていると誰からも殴られたり蹴られたり怒られたりしないで済んだため、太郎は目の前の穴掘りに集中した。段々と、袋の中身は、本当に地面に埋めておかなければならないものなのかもしれないと思え始めた。犯罪に精通している彼らがそう判断したということは、そういうことなのだ。たとえ袋の中身が、鶏肉かなにかだったとしても。もしくは、これは一種の修行か。明らかな犯罪行為を躊躇なく行えることを仲間に証明するための、通過儀礼かもしれない。

土が軟らかめであったため、大きなシャベルを使って集中していると、大きな穴が思いの外早く掘れてしまった。直径一メートル、深さ一メートルほどを掘り一息つくと、車の中で休んでいた者たちも再び、太郎の周りに集まってくる。その間、自分がせっせと掘ってしまった穴の大きさを見た太郎は、小柄な男の関節をバラバラにしたり切り刻んだりして埋めるにはじゅうぶんな大きさだなと思い至り、絶望した。

「俺が、警察から嗅ぎ回られるようになったのはどうしてだ？」

黒木が言い、答えられないでいると、太郎はすかさずソムに蹴られた。再び尋問が始まった。同じ質問をされ同じ暴力を何度も受け続けながら太郎は、黒木がどうやらかなり危機感を抱いているということを推し量った。しかし本当に、自分には見当もつかない。

キュリオスピープルのベーシストのときのように、せめて傷の残らないやり方であってくれと、太郎はまぶたから流れる血に視界を汚されながら思った。痛みは恐怖だし、なによりも、俺の身体に暴力の証拠を残してしまってもいいと彼らが思ってしまっていることが、おそろしい。暴力を受けた証拠を警察に見せる機会など、自分にはおとずれないということか。

俺はこの場で殺され、自分が掘った穴の中に埋められるのか。俺が乗ってきたポルシェも、なんらかの物証になるから燃やされるなり、山肌に投棄されるのか。山のふもとに、プレス工場があったのを思いだす。ひょっとしたら穴は関係なく、ポルシェと一緒にプレスされ巨大な四角い塊にされるかもしれない。

前から見たときの、丸いヘッドライトが大きな目のようなカエルくんの顔が潰される様を想像し、太郎は泣きたくなった。自分の身に関する恐怖感でそういう気持ちになることはなかったが、可愛いカエルみたいなポルシェが潰される想像では、なぜかひどい悲しみを感じた。気づくと視界が歪んでいて、泣いていた。涙が血と交じり、右目の視界はひどいことになっている。

「お願いです！　助けてくださいっ！　本当に、なにも知りませんししていません！」

その場に両膝をつきながら叫んだ太郎が両手もつき土下座をすると、白けたような沈黙が一瞬流れ、誰からの指示もないのにソムに蹴られた。なぜか怒り狂っているようで、執拗に蹴られる。そのうちの背中に当たった一発が、今までのが嘘かのように強烈で、太郎は呼吸することができなくなった。その後も蹴られ続け、太郎は頭から穴に転がり落ちた。上下逆さまの姿勢で、なにもできない。

体感としてはかなりの時間を要し、ようやく穴の中に座る体勢になった太郎は、首から上だけ地面の上に出ている状況で、目の前にいる黒木を見上げた。なぜか黒木は、困惑しているような表情で見下ろしてきている。

「殺さないでくださいっ」

「おまえなんか殺したって、仕方ねえだろ」

黒木は少し笑い混じりの口調で言った。

「ビビって警察に行こうとしたおまえはもう終わりだよ。俺たちとやってきたことについて一生黙ってなきゃならないってことを、こうして身体でわからせないとな」

「自分はもう、堅気には戻れないんで、それはないです」

すると金子が笑い、次に黒木が、そして他の皆も静かに笑った。

「馬鹿野郎、お前は堅気の、ド素人もいいとこだ」

呆れたように黒木から言われた太郎は、自分の命が救われる余地があるのかもしれないと思った。このまま、最良の選択肢を選び発言や行動をすれば、助かるかもしれない。そうであるにもかかわらず、太郎は思ったことをそのまま口にしていた。

「じゃあ、なんで自分のような者に、目をかけていただいたんでしょうか?」

言ってすぐ、余計なことを言ったと太郎は後悔する。声色が反抗的ですらあった。気を害した黒木に殺されるかもしれない。

「小さい会社起こして、副業で小銭まで稼ごうとする奴は、簡単に使える。実力もないのに分不相応の欲望に目がくらむ、弱い凡人だからな。使いやすい」

実力もないのに分不相応の欲望に目がくらむ弱い凡人。太郎は黒木から言われ、こんな絶望下であるにもかかわらず、ショックを受けた。ただ使いやすいだけの、弱い凡人。

「大照、おまえなんかもう使わねえよ。使いやすいだけが取り柄の奴が、小心者でビビって雑用もこなせないんじゃ、駄目だ。あとで須田沼に残りの引き継ぎだけしておけ」

黒木がそう言いきびすを返そうとすると、不満そうな顔つきの金子とスキンヘッドが太郎を睨みながら、黒木へなにやら耳打ちした。それを受けた黒木から見られ太郎は数秒間目を合わせたが、黒木は首を横に振り、車に乗った。他の者たちも車に乗り、二台の車は去って行った。ずっと辺りを照らし続けていたVクラスの明かりがなくなると、太郎の目に入る光は月明かりだけになった。

しばらく穴の内壁にもたれかかりながら、太郎は空を見上げ呼吸を整えた。生きている。なんとか、命を保っている。

神奈川での用事を済ませた際、尾行の目があったとは思いもしなかった。そして、拷問を受けながらも何度も口にした返答を、黒木はギリギリのところで信じてくれたようだと太郎は理解する。だから、こうして命があるのかもしれない。もしくは、ただ単に殺すのに疲弊しただけということも考えられるが。結果的に太郎は、黒木を欺いた形となる。ポルシェで警察署へ行った際、少なくとも二回目に関しては、黒木の進退をもてあそびたいというような衝動があった。あれに気づかれていたら、間違いなく殺されていた。

段々と、目が暗さに慣れてきた。全身のあちこちが痛く、激痛のする右側の肋骨は折れているのかもしれない。骨折の経験のない太郎には判断できないが、なんとか起き上がれそうだ。骨折していても、こんな山の中では、自分でどうにかするしかない。自分の四肢や頭がちゃんと胴体にくっついてどこも欠損していないのを確認するよう、ゆっくり立ち上がると、太郎は穴から這い出た。

月明かりに照らされたポルシェは、無傷だった。プレスされるどころか、コイン傷一つつけられていない。自分の一年分の年収を体現したポルシェは、場違いなほどに綺麗なままだ。三六年間生きてきた乗り主の俺は、こんなにズタボロだというのに。太郎は全身の汚れを簡単にはらい、運転席のドアを開ける。低いシートに身を入れようとすると、あちこちに激痛が走った。車内にこもる空気が嫌で、ACCモードでルーフだけ開ける。澄んだ空気を吸いながらしばらく休み、エンジンをかけカーナビの目的地を恵比寿の駐車場に設定すると、出発した。

行きと同じ山道をゆっくりのペースで下りながら、太郎は自分がこうして生きていることを不思議に思うと同時に、黒木と出会ってから始まった九ヶ月間の旅が、突如として終わったかのような心地がした。ただ、追い求めていたものはまだなにも、つかみとれていない気がする。

下りの真っ直ぐな道がしばらく続く。速度が出すぎないように注意しながら、太郎はルームミラーに映る自分の顔を見ようとした。乗りこみ体勢を整えた際、ミラーの角度をずらしてしまったようだ。すぐに手で調整し直した太郎だったが、夜風を受けながら運転する自分の顔を見て、その手を止めた。

脂汗と血で前髪がいくつもの細い束になって固まり、M字形に大きく後退した額が、広い。まるで黒い小さなベレー帽を頭の上にちょんとのせているみたいで、髪も皮膚も土埃に汚れた、悲惨なおじさんの顔がそこにあった。

そうか、俺はおじさんなのか。太郎はそのことを初めて知った。

自然と目を覚ました太郎が時計を見ると、午後一時半過ぎだった。いくら今日が土曜で、昨夜遅くまで会社に残り事務仕事をしていたからといって、三六歳にもなってなにをやっているんだと思った。昨夜寝る前に飲んだビールとチューハイの缶を片付けがてら、トイレへ行く。

ソファーに座り、スマートフォンを惰性的にさわる。今日は特に予定がない。誰かと飲みに行ったりして遊ぶ約束はないし、一人でできる仕事も昨日あらかた済ませた。晴れているからドライブにでも行こうかとも考えた太郎だが、晴れた休日は道が混む。

瑞恵がいればなにかしらデートでもできるが、もう彼女から一週間、連絡がない。太郎がメッセージを送り、電話をかけても駄目だった。あまりしつこくするのも考えものだから、最近は二日に一回、近況報告を勝手にメッセージで送っていた。最後に会ったのは、三週間近く前だ。

ついこの間まで、黒木に誘拐されたのではないかという想像までしたが、関係なかったのだろう。仕事が忙しいのか。ひょっとして、映画やドラマ撮影なんかの大きな仕事が入って、それに集中しているのかもしれない。

太郎はサーチバーに「惣田瑞恵」と入力し、検索した。思えば、ギャラ飲みで初めて会う前や、つきあった前後に数回検索したくらいで、彼女の名前で検索するのは数ヶ月ぶりだった。そう多くはない検索結果数のトップにくる所属事務所のホームページを閲覧しようとしていた太郎は、検索結果上位に並ぶタイトルと本文プレビューに目を奪われた。

《キュリオスピープルのギタリストkuniの彼女!? 惣田瑞恵の年収と性格がヤバい! 整形疑惑についても調べてみた》

《【本スレ】Curious people part45〖粘着隔離〗…516名無しさん ≥514昨日のZepp二階席の最前列にもいたよ。惣田瑞恵とかいう売れないタレント》

どういうことなのかと太郎は理解に苦しんだ。同姓同名の人がいるのだろうか。だがそれだったらどちらかが違う芸名をつけるだろう。太郎は気になった項目に目を通していった。

《516名無しさん ≥514昨日のZepp二階席の最前列にもいたよ。惣田瑞恵とかいう売れないタレント。メンバーの誰が呼んだのかな?

538名無しさん 渋谷のタワレコイベントの遠くに惣田っぽい人立ってて、その後クニと二人での目撃談あるから間違いない。

613名無しさん 調べてみたけどやっぱ惣田瑞恵とかいう女なんだね。いかにもクニ好みの女って感じww どうせセフレなんだろうけど。私はもうクニ見損なった。

658名無しさん ≫613嫉妬すんなババァ。勘違いしたワーキャーのおばさんファンがいるせいで彼らの音楽性が正当に評価されにくいってことわかれ

711名無しさん ≫658音楽性ってどこがww新しぶってるけど全然新しくないし。九〇年代にすら焼き直しがされつくしてるジャズファンクのさらに焼き直し。まあ日本人の耳には新鮮に聴こえるんだろうけど。でもいいよな、kuniは。丸パクリで曲作ってるだけでアホコとか惣田とかの美人とタダマンできるなんて

749名無しさん 昨日また例のアホコのブログに楽屋挨拶の写真載ってたけど、惣田も一緒に写ってた。こいつ今事務所どこなの？

800名無しさん セフレのくせに彼女面してる勘違い女惣田氏ね》

匿名投稿掲示板に最も具体的な情報が記されており、太郎は食い入るように、延々と読んでしまっていた。キュリオスピープルについての掲示板内で瑞恵についての情報がそれ以上なさそうだと切り上げると、次に所属事務所のウェブサイトを開いた。しかし所属タレント一覧に、「惣田瑞恵」の項目がない。数ヶ月前に見たときはあった。検索し直して

みるが、何度やっても同じだった。

あまり更新に力を入れていないように見えるウェブサイトは、たまたま今メンテナンス中というわけでもなさそうだ。どういうことなのか。いつの間にか瑞恵は事務所を移籍していたのだろうか。もしかすると今、移籍中で色々と忙しいのかもしれない。そのせいで、彼氏に連絡をする余裕すらないとも考えられた。

しかしながら太郎は仮定の話として、移籍は関係なく瑞恵がただ事務所を辞めたり、クビになっていた場合を考える。いつ、事務所からいなくなったのだろうか。事務所のやる気のないサイト更新からして、かなり前から瑞恵は事務所に所属しておらず、しばらくウェブサイトに惰性でプロフィールが載っていただけというのは、考えすぎか。

仕事やオーディションで忙しいとよく話していたが、太郎は、メジャーなメディアで瑞恵の姿を見たことは一度しかない。連続ドラマのセリフのないOL役だ。数秒しか映らなかったあの役のときの、髪をまとめていた顔ははっきりと覚えている。それ以外は、自分と会っているときの彼女の顔しか太郎は知らない。

世間で人気の加瀬ルミと一緒にギャラ飲みをしたとき、瑞恵は太郎の前では出さない表情や会話のリズムを露わにした。会ったはずのキュリオスピープルのギタリストの記憶が太郎にはまるでないが、少なくとも瑞恵にとっては、二人でどこかに出かけるくらいには意味のある存在ということだ。ギタリストの前ではどんな顔をし、どんな言語を使っているのだろうか。二人の顔をそれぞれ画像検索した太郎は、二〇代同士でしっくりくるなと感じた。

　互いの代休が重なった平日、太郎はポルシェに流野唯を乗せ、長野県に来た。諏訪ＩＣで高速道路から一般道へ下り、八ヶ岳といった山々へ近づくように東へ向かう。片側一車線の道を進んでいるとやがて、目当てのフレンチレストランに着いた。

　予約客限定の一軒家造りの店で、太郎は人から聞き以前から行きたいと目星をつけていた。流野さんと遊ぶには大人っぽい口実が必要かもしれないなと思った太郎は、自家栽培で採れた野菜を使い調理されるフレンチを食べに長野まで行かないかと、流野さんに提案した。二つ返事で彼女は乗ってくれた。

　田園と遠くに山の稜線が見える窓のそばのテーブル席に向かい合って座り、魚料理を食した後、肉料理が出てくるのを待つ。

「連盟に加入してない早稲田の人たちとも一緒にやった、由比ガ浜のイベントあったでしょ。私はよく知らない芸人さんとサテライトブースから三時間くらいずっとコミュニティーラジオでしゃべってたけど、あのときの芸人さん、最近テレビによく出てるツノちゃんだって知ってた？」

「そうなの⁉　知らなかった……っていうか、流野さん、そんなことやってた？」

「やってたよ！　大照君、タイムテーブル組んでたから知ってるはずだよ。覚えてない？」

そんな大きなことを太郎は忘れていたというか、見聞きしていないように思う。けれども話をすりあわせる限り、その場にいたことは確かだ。自分はそれをろくに見てもいなかったのだ。

太郎は運転してきたため飲めないが、流野さんに地産のワインをすすめると、彼女は白も赤も喜んで飲んだ。

「ＤＪやるはずだった学習院の奴が前日の決起会で泡盛飲みすぎて潰れちゃってさ。テンパった塚地さんが、まずはヒロ、ってマイクにのせて言っちゃったもんだから、ヒロさんもＤＪなんかやったことないくせにブースに立って、一応機材の使い方知ってた俺もサポートしてその場しのぎの懐メロＤＪやったっていうのが事の顚末なんだよ、あれは」

「そんなことあったんだ。ヒロさん今なにやってんだろうね」

流野さんは初めて聞く話として、太郎にとっての共通の思い出話を聞いた。渋谷のクラブハウスを借りて行われた各大学イベントサークルの合同クリスマス会で大笑いと白熱をかっさらったあれを、皆覚えているものだと思っていた太郎としては、流野さんがそれを覚えていないというのに拍子抜けした。人は人のことを、ろくに見ていない。否、それも少し違うだろうか。人のことを見てはいる。しかし、当人が見てほしがっているのとは別の面を、他人は見ているのだ。

試しに太郎は、大学二年時の納涼祭で、彼女がホットパンツを穿き池袋の街に立っていたときのことを話してみた。今の流野さんは、それをとても恥ずかしがった。

「もう忘れてよそんなことー！　ホットパンツなんてよく穿いてたな。若かったんだな私も」

笑いながら流野さんはそれを恥ずべき過去のように語る。ほとんど忘れかけていたことだったのだろう。しかし十数年前のあのときの顔が、太郎にとっての流野さんとして脳裏にずっと焼き付いている。その顔は流野さん自身の中には存在しない顔なのかもしれない。自分はそれをあんなにも見ていた。そして彼女は、他人からその顔をそこまで見られていたとは思ってもいなかっただろう。

食後、北アルプスを眺める緑に囲まれた道を、北西のほうへ進んだ。車通りも少なくなだらかで景色も良いワインディングロードは、ポルシェの走りを楽しむのに最高の道だが、太郎はそれを集中して楽しむわけでもなく、流野さんとの会話にある程度意識をかたむけながら走る。やがて勾配が急になってきた道をどんどん北上し、標高二〇〇〇メートルの美ヶ原高原に着いた。

青々とした高原の牧草地には、草を食べている黒い牛たちの姿もある。手を繋ぐわけでもないが、広大でほとんど人気のない高原を、手を繋げるほどの距離を保ちながら歩く。塔の前で顔を寄せあいスマートフォンの自撮りで記念写真も撮ると、今の俺なら間違いなく流野さんにいけるんじゃないかという気が太郎にはしてきた。憧れの流野さんと、いかにもデートっぽいことをしている。大学時代にはなしえなかったことだ。

自分が成長したこともあるのだろうが、それだけではないとも太郎は思う。三六歳の独身同士という共通点による同族意識に助けられていることは、否めない。今こうして並んで歩いている状況を喜ぶいっぽうで、昔と比べ二人の関係性が前に進んでいるわけではない気もした。

互いに共通の記憶はいくつかあり、相手に対する記憶もあるが、あの頃と今はなんというか、断絶している。いってみれば互いに、親しみのある顔をした他人だ。今の流野さんは昔憧れだった流野さんと声や喋り方も表情も同じ人であるが、まったくの別人のようにも太郎には感じられた。おそらく彼女にとっても、十数年前のごく一時期関わりをもっていた俺との、まったく新しい関係性なのだ。昔ろくに関係性がなかったからこそ、簡単に新しい関係性を結べているのだ。太郎はなぜだか少し、寂しさを感じた。記憶や人と人との絆は、そう簡単に積み上がってはいかないのだということを、つきつけられた気がした。

「こういう風景見たの、林間学校以来かも」

高原に立ち、遠くに低めの山々を見ながら、流野さんが言った。

「そう?」

「車でしか見に来られないでしょう。こういう場所には。電車とかバスで来ようとは思わないし」

「そうかもね」

「大照君は、車持ってるからしょっちゅう見てるんだろうね」

「俺も、最近だよ。ポルシェ買ってからだし」

帰り道の高速道路に入り、弱めのクーラーがかけられた車内で、流野さんは静かになった。ワインもかなり飲んでいた。辺りの景色が暗くなってゆくにつれ、眠くもなるだろう。太郎が時折盗み見ると、目を閉じて寝ていたり、そうかと思えば無言で手元のスマートフォンを操作したりしていた。

開けた空の向こうに、暗い山肌が連なっている感じは、太平洋沿いの富士山近辺の景色とも異なる。山々が連なっているせいもあるのだろうが、雲や霧に囲まれていることの多い富士山と違い、くっきり見えるアルプスは硬そうで、自分の中になんとなくある日本っぽくはない風景だなと太郎は感じた。

絶景を眺めながら二人きりの空間で、昔から憧れだった流野さんと、言葉もいらない時間を過ごしている。ポルシェを買った直後なんかに空想した理想的なシチュエーションに身を置いている太郎は、ポルシェを好きだという気持ちが不思議とかなり鎮まっていると感じた。もっと若い頃から、好きな人に好きと言える勇気があったなら、高級車のポルシェや恵比寿のマンション、ブレゲの時計だって、必要なかったのかもしれない。それらを太郎は今も好きではあるが、本当に必要だったのかはわからない。必要か必要じゃないかという基軸で考えると、すべてのものは必要ではないと思えてくる。

勇気さえあれば、思った通りに行動し、人生におけるやらなかった後悔は減るだろう。じゃあここで男らしくいけばいいのかというと、それはそれで乱暴な気も太郎にはした。成金で昔より少し自信をもった今の自分が、過去の自分を断絶させ、男気ある豪胆な人間としてふるまえば、場合によって流野さんはショックを受けるかもしれないし、自分の心身に蓄積されてきた記憶や拠り所まで壊されてしまう気がした。いっぽう、内なる記憶や拠り所を大切にしすぎるのもよくないことのように感じられるし、どうふるまえばいいかはわからない。

東京都内の一般道に出ると太郎は、行きと同じく流野さんを高田馬場のマンション前まで送った。

「今日はありがとう」

マンションに専用の駐車スペースがないこともあり、気づけば太郎のほうからそう口にしていた。

「本当に運転ありがとうね。楽しかった。じゃあ、また」

太郎はエンジンを止める間もないまま、流野さんが玄関に入ってゆくところまで見届けると、そのまま恵比寿へ帰宅した。

酒造メーカー主催の、一般人女性客が三〇〇人参加する平日夕方開催のPRイベントが閉会となった。出演していたタレントたちはとうに帰っていたが、試飲会に参加した客たちは飲み比べを続けており、酔っている女性もいた。出入口に立ち太郎も客たちに礼をしながら送りだしていると、四〇歳前後の女性から声をかけられた。

「今日は素晴らしい催しを、ありがとうございました。下戸の主人が厳しくて、普段家では飲めないもので」

頭を下げられ、太郎も自然と頭を下げる。

「それは良かったです。ありがとうございました」

女性を送りだしてから太郎は、あの人は自分のことを酒造メーカーの社員だと勘違いしたのかもしれないと思った。まずメーカーから大手広告代理店が依頼を受け、イベント・PR会社のビッグシャイン株式会社がそのさらに下請けとして入っている構図を、知るよしもないだろう。今日のこの仕事は、ほとんど仲介しかしていない大手広告代理店にかなりの額をとられてしまったため、イベント開催に向け実質的に動いていたのはビッグシャイン株式会社であるにもかかわらず、取り分はかなり少ない。それでも太郎は、さっきの専業主婦らしき女性からの感謝の言葉を聞き、やって良かったなと思えた。

帰社した太郎は、一人で残務をこなす。残業代はできるだけ払いたくないため、相変わらずある程度のサービス残業はしてもらっているものの、最近は社員たちを以前より早めに帰らせるようにしていた。必然的に、太郎が夜一人で仕事をしていることが多くなった。自分にしかできないことに集中するのではなく、他の社員にも任せられることを社長の自分がやっている。自分の時間を売っているわけで、太郎には自分の時間が前よりよけいに安くなった気もした。ただ、それを以前ほどには、嫌とも思わない。

集中力が途切れた折、ミニ冷蔵庫に入れてある水出しコーヒーをコップに汲んで飲みながら、太郎は税理士事務所から送られてきた今月時点での試算表を見る。このままだと、今月の決算で確定する法人税所得税や法人住民税を、会社の資金だけでは払えそうもない。自分の資産からも貸し付けをしなくてはならないだろう。税金だけではなく、毎月の給与やボーナスも払わなくてはならない。電卓でどう試算しても、二、三ヶ月後から半年先くらいまでにかけて、危ない期間がある。自分はもちろん社員にも数ヶ月間無給で働いてもらうか、急に沢山の仕事を受注でもしない限り、ビッグシャイン株式会社は、資金繰りのショートで倒産するかもしれない。

日本政策金融公庫から金を借りれば耐えしのげるが、事業投資ではなくただの資金繰りに対してすぐに金が借りられるかはわからない。太郎は午後八時過ぎに会社をあとにし、電車で恵比寿のマンションまで帰宅した。

納豆ご飯にキャベツの浅漬け、水出し麦茶で夕飯を済ませた太郎は、干していたことを忘れていた洗濯物をベランダから取りこむ。左を向き、遠くのほうにある東京タワーを見た。納豆ご飯には似合わない風景だ。

取りこんだばかりの洗濯物をベッドの上に広げ、畳んでゆく。ハンカチを三枚、アイロンがけもせずに畳んでゆくが、そのうちの一枚、ラルフローレンのチェック柄を極力丁寧に畳んだ。先々月の誕生日会で、田乃亜香里からもらったものだ。仮想通貨取引所の中国人社長がダルマにされ見つかった日の夜、指定された飲食店に行くと、社員全員による太郎の誕生日会が催された。その日は体調も悪く憔悴して落ち込んでいたわりに、数時間だけ気が紛れ、夜もちゃんと眠れた。どうやら田乃が主導で企画してくれたようで、太郎はそれをありがたく感じ、飲み食いの代金だけは会社の金で払おうとしたが、田乃たちはそれを頑なに拒んだ。太郎や会社の金には手をつけず、四人の社員たちだけで払った。

太郎としては、それがずっと心に残っている。ようやく厚生年金保険と健康保険に会社で加入したとはいえ、依然として安月給で社員の皆をこき使っている。そんな雇い主である自分が、皆から奢ってもらうとは太郎は思ってもみなかった。金の問題ではないことが世の中にはあるのだなと、漠然と感じるようになった。このハンカチを手に取る度に、思いだす。そういう心をもった人たちには、同じように報いなければ駄目な気がした。

畳んだ洗濯物をベッド下収納にしまった太郎は、明かりもテレビもつけたままベッドの上に寝転び、目を閉じる。しばらくして仮眠から目覚めると、少しぼうっとした状態で、テレビを眺めた。フォルクスワーゲンのCMが流れ、安めのドイツ車のわりにはフォルクスワーゲンのデザインも無骨でいいなと思ったあと、太郎は違うことを考えた。

今自分は、会社を存続させるための金策に困っている。周りの誰からも良さを理解してもらえないポルシェ911カレラカブリオレをいい加減に売り払い、まとまった金を捻出すべきなのだろうか。値下がりしにくいポルシェは、売れば一〇〇〇万円程度にはなる。それで法人税も、社員たちへの給料やボーナス、出演者たちへの出演料も滞りなく支払える。

そしてすぐに太郎は、そんな考えは間違っていると思った。たしかにポルシェを買って丸一年、ポルシェに無理解な人たちばかりと出会ってきた。しかしそんなこととは関係なく、ポルシェを好きと思う気持ちは変わらない。他人に自慢したり、理解されたいと望むだけであれば、ロールス・ロイスやメルセデスなんかのVIP車や、女性たちが好きな流行のSUVなど、もっとわかりやすく豪華さをアピールできる車がいくらでもある。自分は、ポルシェの走りが好きなのだ。リアエンジン・リア駆動独特の、アクセルを踏むと身体が後ろに引っ張られ尻を前に押されるあの加速感が、好きだ。あれを感じている時間は、女性だとか金なんかがどうでもよく思えたりした。

ポルシェには二つの時間が流れる。乗っていないときに思うポルシェと、乗っているときのポルシェは違う。どちらのポルシェも太郎は好きだ。シルバーのカエルくんと、離れたくない。終わってしまうのは嫌だ。自分でも驚くことに太郎は涙ぐんでいた。いっぽうでは冷静に考えると、会社存続のためにはポルシェを売るのが最良だとも思えてくる。相反する考えを同居させている太郎の中で、次第に怒りが湧いてきた。苦労を乗り越えようやく手に入れた、自分の大切なポルシェだ。ふざけんじゃねえクソが。俺はなにがあっても、ポルシェを手放さないからな。

ポルシェの鍵を握った太郎は、徒歩八分の駐車場まで歩いて行った。

いくつものトンネルや高架になっている道をノンストップで進んでいると、自分が今どこにいるのかわからなくなってくる。太郎はカーナビになにも入力せず、首都高速の内回りのルートを選び、延々と走り続けていた。たぶん三周はしている。

走りだしたときに感じていた怒りは、すっかり鎮まっていた。時速一二〇キロ程度が最適なポルシェで、ポルシェに適した道を走っていると、怒りや雑念が消えてゆく。自分の脳もガソリンで動く乗り物と一体化しているような心地が太郎にはした。

首都高にも飽き、そのうち湾岸線に入り大黒ふ頭を目指した。海や埋め立て地の上を渡す道路を走り続け、大黒PAも通過する。分岐路へさしかかる度に走りやすそうな道を直感で選び進んでいるうちに、東名高速に入った。ポルシェを買ったばかりの頃から、走り慣れた道だ。

休憩をとるため、海老名SAに寄った。トイレで用を足し、駐車場を眺めながら脚のストレッチをする。ドライブスポットとして人気の場所だからいつもすし詰めで混んでいるが、遅い時間だからか空き気味だった。照明が明るいため、駐められている車が夜の風景に映える。

太郎は自分のポルシェに近づくと、スマートフォンで写真を撮り始めた。色々な角度からポルシェだけ撮った後、通りかかった人に頼み、自分とポルシェが一緒に写っている写真も何枚か撮ってもらった。のどがかわいたこともあり、屋内へ入り炭酸水を飲みながら、撮ったばかりの写真数枚を画像加工ソフトで編集し、文章も考え、自分がアカウントをもっているいくつかのSNSツールでアップした。ディスプレイ上に映る愛車と自分のデジタル画像は色鮮やかで、太郎はポルシェと、ポルシェのある人生をとても魅力的に感じた。世間へ向けて投稿したことに満足すると、再び静岡方面へ走りだす。やがて道幅が広く車線数も多い新東名高速道路に入り、太郎はポルシェの速度を一五〇キロ近くにまで上げる。スピードを出すほどに安定するようで、危なさは微塵も感じない。道が空いているから、なおさらだった。こんな快楽は、ポルシェを持っている人間の特権だと太郎は思った。レンタルで貸し出し時間にしばられたら、こんな風景は見られない。自分でポルシェを所有しているから、思いたった夜でも朝でも好きなときに、その衝動を逃さないままに、路上での快楽に身を投じることができる。

FMラジオから流れてきた音楽に対し、調子の悪いジェームス・ブラウンみたいだなという感想を抱いた太郎はしばらくして、よく聴くと日本語で歌われているそれがキュリオスピープルの曲だと気づいた。彼らのプライベートスタジオに乗りこんだ日、巨漢の金子が、ジェームス・ブラウンが弱ったみたいな声、と言い表していたが、まさにその通りだ。ぼうっと聴いていると、歌も演奏も丸パクリだ。そんなことよりも太郎には、金子が暴力的なヤクザのくせに音楽への造詣が深いということが、気になった。その意外性が、現実っぽさというやつか。ギターをジャカジャカとカッティングする曲はやがてフェードアウトし、中古車買い取り店の過剰に明るいCMが流れた。

新富士、新清水と通り過ぎ、新静岡ICで太郎は一般道に出た。いくら明日が休みだからとはいえ、思いたって静岡まで来てしまった。深夜だから、どこかで海鮮丼を食べたりという遊び方ができるわけでもない。道の通っているままに西へと流しながら、藤枝岡部ICから上りの高速道路に入った。

静岡SAで休憩をとることにする。高速道路本線から外れ何度もカーブする道を進んだ先に、駐車場と建物があった。トイレで用を済ませながら太郎は、身体の疲労感をおぼえ、長めの休憩にしようと思った。

蛍光灯で明るく照らされた建物内は、人気が少ない。フードコートの席をざっと見渡すと、シートの席で横になっている日焼けしたトラック運転手らしき男が二人いた。営業している店があり、太郎は担々麺を注文した。外のガラス壁のほうを向くコーナー席に座り、スマートフォンをさわって待つ。フェイスブックを開いてすぐ、目が一つの記事に釘付けになった。

〈この場を借りてご報告させていただきます。私流野唯はこの度、仕事を通じ知り合った坂本康輔さんと結婚いたしました。〉

流野さんの新着投稿の見出しに驚き、クリックして全文を開く。

〈婚姻届は先々週に届け出済みで、昨日無事に引っ越しを済ませ、都内での同居生活をスタートさせました。折り入って、皆様には……〉

役所の前で、目のつぶらなラガーマン体型の男と流野さんが寄り添い婚姻届を掲げているツーショット写真、親族同士の顔合わせで撮ったらしき集合写真、白っぽい綺麗なフローリングのがらんどうの部屋の写真が、共にアップされている。太郎は写真を一枚ずつクリックして開き、ディスプレイ上でピッチング操作を行い、拡大したりしながらじっくり見た。

自分が流野さんとドライブに行った日を思いだしてみる。およそ三週間前だ。あの時点で、流野さんが結婚することは確定していた。いったい、どういうことなのか。流野さんはそんなことを、一言も話さなかった。そして太郎自身も、瑞恵のことを、一言も話さなかった。

手元の呼び出しブザーが鳴り、太郎はカウンターへ担々麵を取りに行った。席へ戻り担々麵を食べる。腹が減っていたからか、異様なほどにおいしく感じられた。やがて太郎は、辛さがもたらすおいしさに集中しようとしている自分に気づいた。

スープまでだらだらと飲んでしまいそうで、さすがに健康に悪いだろうとカウンターへ返しに行ってから、コップに冷茶を汲み席へ戻る。目の前にあるガラス壁の外をぼうっと眺めながら、思いだしたようにコップを口に運んだ。

瑞恵に電話し、ちゃんと訊いてみよう。

太郎はスマートフォンで時刻を確認する。午前一時三二分だ。夜更かしすることの多い瑞恵は、たぶんまだ起きている。建物の外に出た太郎は、所々飛び地のようになっている狭い芝スペースのウッドベンチに座り、電話をかけた。あと十数日で瑞恵は、二四歳の誕生日を迎える。あまり時間は要さずに、耳元の呼び出し音が消え、一瞬の沈黙の後、瑞恵の声が届いた。

——もしもし。

「もしもし。寝てた?」

——ううん。起きてたよ。

たしかに、寝起きの声ではない。それどころか、深夜の予告なしの電話を迷惑がるようなニュアンスがないことが、むしろ待ち構えられていたように太郎には感じられた。

「今、静岡にいるんだ」

なにも訊かれないため、太郎は自分からそう話した。瑞恵は、本心で驚いているような高めの声を出した。

——なんで? 仕事?

「仕事は八時に終わった。家帰ってきて、なんかポルシェに乗りたくなって、はじめは首都高ぐるぐるまわって、海老名サービスエリア行って、静岡で一般道に出てまた上りの高速に乗って、今サービスエリアで休憩してる」

——へー、すごい!

瑞恵はうわずった声で言ってくれる。しかし声の高さのわりに、声量はかなり抑えられている。夜だからだろうか。それにしても、抑制されたうわずった声は、不自然このうえない。

「瑞恵は今日……というか最近、どうしてたの？」

太郎が訊くと、瑞恵は近況を報告し始めた。友だちの恋愛相談にのった話、ウィンドウショッピングで気になった靴の話、お父さんと二人でスナックに行って悩み相談にのってあげた話——。話すことはいっぱいあるんだな。そのことを嬉しく思いながら相槌をうっていた太郎の耳に、パトカーのサイレンが聞こえた。

パトカーのサイレンくらい、家の中でも聞こえる。しかしそれによって太郎は、さっきから風の擦過音が耳についていることに自覚的になった。自分が外から電話しているからその音が電子的に増幅され聞こえているのだと思っていたが、瑞恵も外にいるのかもしれない。彼女は実家の二階に自分の部屋があると言っていた。わざわざ電話のため外に出る必要はない。たとえば誰かのマンションのベランダにでも出ているのだと考えると、しっくりきた。

「あのさ」

太郎は言いだしておいて、逡巡する。

——ん？

「俺、別れたくないんだけど」

——ああ……なんか見た？

「見たよ」

太郎は自分が知った、瑞恵とキュリオスピープルのギタリストの目撃情報等を、いくつかしゃべった。

「バンドマンは、女癖悪いらしいじゃん。港、港に女を作るって言うでしょ……って、そんなことはいいんだよ。とにかく俺は、瑞恵と別れたくないの。大丈夫だよ、俺は。君がちょっとくらい、遊んでも。だから、別れないで、これからも一緒にいてよ」

太郎が言うと、困った子供の相手をしている、というような声色で瑞恵は「うーん」と発した。少しかすれめで細い、水のような声だ。

——別れる、っていうか……。

「っていうか？」

——大照さんと私は、これからも会えるよ。頻度は減るけど。

教え諭されるように言われ、太郎は言われたことを考える。向こうに主導権のある愛人関係のようなものを想像した。そういうことなのだろうか。

「会えるんだ」

——うん。なんか機会があれば。

「機会……」

太郎の脳裏には、彼女と初めて会った日のことが思い浮かぶ。金持ちの男を取り囲むようにして、美しい女性たちが金銭の受け渡しを介して集まり、一緒に飲食する。その日太郎は、瑞恵に初めてタクシー代を渡した。タクシー代を渡さなくなってからも、色々なものを奢ったりプレゼントしたりしたし、なにか立て替えてもらった際には、多めにお金を返した。

「ギャラ飲みってこと？」

――ギャラ飲み行くよ。

「俺と二人で食事したり、デートしたり、うちに泊まったりは？　あ、そうだよ、誕生日もうすぐじゃん！　なにして過ごしたい？」

――大照さん、ねえ……わかるでしょう？

彼女自身の優しそうな笑顔が伝わってくる声色で、瑞恵が言う。懇願されているようだ。

「うん」

わからない、俺にはわからないぞ。そう思いながらなんとか返事しようとした太郎の口から、そう声が漏れた。漏れ出る息が、たまたま閉じた声帯を擦過した、そんな声だ。

――だから、私と大照さんは、また会えるから。

「そうだよね。会えるな、いつでも」

――うん。

「遅くにごめんね。じゃあ、また」

――うん、また。

「明日とかすぐに連絡するかも。じゃあ、おやすみ」

――わかった、おやすみー。

通話を終えた太郎はウッドベンチからすぐに立ち上がり、適当に脚のストレッチをした。

たしかに、瑞恵とは別れていないのかもしれない。そもそも、別れようのない関係性だった。太郎は草津温泉に行った日の夜、マンダリンオリエンタルホテルの部屋でセックスをしたあと瑞恵に、つきあってほしいと言った。それに対し彼女は、つきあいたいの？　とだけ返事した。それから、今に至る。

じゃあ、愚痴の連絡をくれたり、恵比寿のマンションでテレビを見たりしてだらだらと過ごしてくれていたのは、なんだったのだろうか。ああいった時間を何回も過ごし、太郎にとってはつきあっている感じになっていた。ストレッチのあと散歩まで始めた太郎は、自分と瑞恵がつきあっているっぽかったシーンをここ一年弱の記憶の中に探し続けた。

ここのところずっと慢性的に続いていた妙な緊張感が解けたようで、太郎は急に眠気を覚えた。ポルシェに乗りすぐ帰宅する気にはなれない。駐車場にはキャンピングカーが駐められている。乗ってきた人は車内で寝ているのだろうか。ポルシェは狭いから、シートを倒してもそんなことはできない。トイレで用を足した太郎は再び建物内のフードコートへ戻る。さっきから寝ている二人のトラックドライバーにならい、L字形シート席の上で、横になった。

うっすらと目を開けた太郎は、瞳孔が周囲の光に適応するまで薄目の状態を保つ。夢を見ていた。いくつかの断片が今も思いだされるが、秒単位でそれらの映像や、時系列が朧《おぼろ》になってゆく。そんなことよりも、身体の節々の凝りがひどい。

周囲の明るさが人工光ではなく、ガラスの壁から入ってくる自然光の割合が多いことに気づいた。フードコートのシートで少し横になるつもりが、すっかり朝になっている。パンの焼き上がる匂いがした。時刻は午前九時前だった。

寝返りもろくにうてないシートでそれ以上寝ることも諦め、太郎は起き上がった。周りを見るとフードコートの数ヶ所に数組の客がいて、食事している。近くの席にいる若いカップルの女のほうから、寝起きの太郎は数度視線を受けたのを感じた。今時、誰からも起こされないまま朝を迎えるとは、珍しい場所だ。高速道路のサービスエリア内のフードコートだからだろう。太郎は、サービスエリアは日本の中で唯一色々なことの例外が許される場所なのではと思いもした。

トイレで用を足し、パン屋をのぞくと、都心のパン屋と遜色ないできたての美味しそうなパンが沢山並べられていた。昨夜食べた担々麺といい、子供の頃、両親の運転する車に乗せられ寄ったパーキングエリアの食事とは大違いだ。自分は、色が茶色いだけで味のしないカレーやカップラーメンなど、パーキングエリアやスキーのゲレンデでは貧乏くさい料理しか出されなかった、平成初期くらいまでの風景をよく知っている人間だと太郎は思った。平成に生まれた瑞恵は、そういう貧乏くさかった頃のパーキングエリアの食事を知らないんだろうなとも。太郎は中に卵焼きの入ったカレーパンとピザ、サンドウィッチにアイスコーヒーを買い、窓際の席で食べた。

頭はとてもすっきりしていた。寝返りがうてなかったとはいえ、六時間以上も寝たから当然か。太郎はアイスコーヒーを飲み終えると、プレートごと返却口に戻し、手を洗って外に出た。

目には見えないが、高速道路の本線を車が走り去る音が聞こえる。土曜の午前中だからか、もう結構な交通量だ。太郎は軽くストレッチをしてから、駐車場へと踏み出す。異様なほどに、白と黒の車が多い。そんな中、朝のやわらかい日光に照らされているシルバーのポルシェ911カレラカブリオレは、ワイド&ローの工業製品としての一際の美しさと、カエルっぽいかわいらしさをふりまいていた。太郎は一歩ずつポルシェに近づく度、この車を買ってよかったと思った。

運転席に乗りこみ、エンジンをかける。後ろに積まれた水平対向エンジンが高回転でしばらくうなり、すぐに通常のアイドリング回転数へとうつり変わった。その音の変化や、細かく心地よい微振動を楽しむように、太郎はアクセルペダルを踏む。

新東名高速道路を東京方面へと、斜め右前方に昇っている太陽から照らされながら走る。俺はポルシェを買ってよかった。この走りの感動は、買ってからも変わらないどころか、今のほうがより楽しめているではないか。そんなものは他にそうない気が太郎にはした。太郎はその後も、無心で走り続ける。そしてそのまま東京都内へ戻り、買ったのと同じポルシェディーラーへ、ポルシェを売りに行った。

名古屋駅で新幹線の自由席から降りた太郎は近鉄特急へと乗り継ぎ、バスに乗った。二十数分間乗車し鈴鹿サーキットバス停で降りると、数百メートルの距離を歩いて移動する。東京から車で来ようと思えば五時間かかるが、公共交通機関を四時間乗り継いで来るほうが、面倒な旅路に感じられた。

太郎は数日前、軽井沢の豪邸で会ったネットワークメンバーの代理人と名乗る男から、電話を受けた。その男は、スズキ・タロウ氏が話をしたがっている、と伝えてきた。その必要性があるのかと少し悩み、自分に選択肢はあるのかと太郎が悩んでいると、あなたのためだ、と代理人の男は言った。続けて、落ち合う場所と日時を指定された。

秩父の山奥で死を覚悟し、引き継ぎのため一度だけ後任者に会って以来、ネットワークとの関わりもなくなっていた太郎だったが、依然として心残りはあった。得体の知れないなにかを運ばされた自分が、今後もどうにかされないという保証はない。だからこそ、ネットワークの中心的メンバーであるスズキ・タロウ氏による面会の誘いから、逃げ出すという選択肢は選べなかった。

今年初めて開催される新設の耐久レースの初日、まだレースは始まっていない。鈴鹿サーキットの客席内の指定された場所へ行くと、スーツを着た五〇歳前後の男が近寄ってきた。

「大照さんですか」

「はい」

電話で聴いた、代理人の声だった。

「東儀《とうぎ》氏の代理人のクワジです。スズキ氏がいらっしゃるので、こちらへ」

言動に無駄のない代理人は、客席の通路をさっさと歩いて行く。後ろからついて歩きながら太郎は、斜め上前方にあるガラス張りのＶＩＰ観戦席を見上げた。あそこに、軽井沢で会った男と、スズキ・タロウ氏がいるのだろうか。

太郎が案内されたのは、ＶＩＰ席ではなく、コースの見やすい一般席だった。代理人に座っているよう言われ、しばらくレースのパンフレットを見ていると、やがて隣に男がやって来た。リネンのグレージャケットに白いパンツを穿いた長身の男だ。

「お越しいただきありがとうございます、スズキです」

まさかこの優男っぽい人がと思った太郎は慌てて立ち上がり、「大照です」と名乗り会釈した。長身のスズキ氏は頭も小さく、短めに切られた髪は黒々としている。

「すみません、こんな遠くまで」

「いえ、とんでもないです」

目尻が垂れ気味のスズキ氏は眉毛も下がり気味で、それが洗練された田舎者というような親しみやすさを演出している。歳は四〇くらいか。非常に明瞭な滑舌で、たとえば家でぶつぶつしゃべっていても他者が聞き取れる類いの声質だった。

「しかし、まさかサーキットを指定されるとは思っていませんでした」

「密室で会うのも大照さんが構えてしまうでしょう。あと単純に、今日のレースが見たかったというのも大きいんですよ」

「左様でございますか。お気遣いいただき、ありがとうございます」

太郎はスズキ氏と話していると、緊張感がゆっくりと解けてゆく気がした。二段後ろの席には、オーバーサイズのスーツを着たスズキ氏の警護らしき大男が一人いる。ゆったりとしたスーツの内側に、武器でも携行しているのだろうか。さっきまでいた代理人の姿も近くにあるし、他にも関係者がさりげなく近くに配置されているのだろう。

「レースが始まったらうるさくなってしまうので、お伝えしておきたいことを、もうお話ししておきましょう」

スズキ・タロウ氏は、ネットワークの界隈で最近起こったことを語りだした。太郎をネットワークへ引きずり込んだ黒木は本業の地上げに関する恐喝罪で別件逮捕され、殺人幇《ほう》助《じょ》の疑いでも警察から取り調べを受けているという。芸能事務所経営の巨漢の金子は行方がわからなくなり、ポルシェの駐車場までベンツでやって来たスキンヘッドは自宅で刺殺され、連れの若い男は溺死体となり利根川で見つかった。太郎は一週間ほど前にニュースでやっていた、利根川で溺死体が見つかったというニュースをなんとなく思いだした。

「こうたて続けだと、心中穏やかではいられないですよね」

なんと言っていいかわからないでいる太郎に対し、スズキ氏が気遣うような口調で言ってくれた。

「はい」

「でも、安心してください。大照さんは大丈夫です。実のところ私も、黒木さんの行動には困らされた部分もあるんですが、警視庁や検察庁の関係者とも話をしまして、なんとかできそうです。黒木さんのことは守れませんが、今行方がわからなくなったりした方以外の方々は、なにも心配せず日常生活を送っていただいて大丈夫です」

スズキ氏の言葉にすがりつきたいほどに感じた太郎だったが、すぐに、国家権力は人を殺しはしないと思いもする。少なくともスキンヘッドと若い男の二人が殺害され、行方不明の金子も今どうなっているかわからないわけだが、敵対するなにかしらの勢力によるものだったのだろうか。だがスズキ氏の口ぶりは、太郎がそんなことを考えるのはとっくに見越しているようなニュアンスを帯びており、そういった件も含めて、問題ないと言ってくれているのだろう。

「大照さん。あなたは、ご自身で思っていらっしゃるほどには、黒木さんのまわりであったことには、関わりをもっていないようです」

「……そうでしたか」

「ええ。そのいっぽうで、ご自身では思いもよらぬところで、深く関わっていたりもしていたみたいです」

「え」

「私にも、詳しくはわかりませんが」

やがて、レースの開会式が始まった。その最中、太郎はスズキ氏に訊いた。

「スズキさんは、なぜ私に、わざわざそのことをお伝えくださったのでしょうか」

足を組んで座るスズキ氏は、目尻と眉を垂れさせた顔で、少しの間考えた。

「そうですね、事情をある程度聞かされてはいたんですが、事の顚末を大照さんにお伝えする人がいないということに気づいたんですよ。それもお気の毒だな、と思い」

「そうでしたか。わざわざありがとうございます」

「それと、ポルシェにお乗りだというのが、気になったんですよね」

「ポルシェ」

「誰かから聞いたんですよ、黒木さんだったかな。私もいっとき911カレラGTSには乗ってて。スポーツカー好きの人のことは、安心して眠れるようにしてあげなくてはと、なんとなく思いまして。今はフェラーリとマクラーレンなんですが」

「フェラーリと、マクラーレンですか」

「一二気筒のフェラーリはいいですよ。八気筒じゃなくて、一二気筒」

太郎は、資産数百億円をもっていると噂の影の権力者のことを、純粋な子供みたいな人だなと感じた。

「そんなにいいんですね、フェラーリは。私のような一般人には試乗もできないんで、どんなものか想像もつきません」

「フェラーリは、暴れ馬をおさえつけながら乗る感じが独特で面白いですよ。もう一台持ってるマクラーレンのほうが、コース上なんかを自分の意の通りに操れる優等生で速いですが」

太郎は、資産数百億円の人にとっての数千万円の車は、質素な買い物なのだろうなと漠然と感じた。一般家庭で軽自動車を買うほうが、よほど贅沢な買い物だ。スズキ氏の欲望のありかたはどうなっているのだろうと気になった。自分がここ一年弱の間探し求めてきたものを、スズキ氏はもっているような気が太郎にはする。ネットワークの中で不死身じみていた白髭の辻どころではないだろう。自分がやりたいことなんてとっくにやりつくして、ひょっとしたらもう欲なんてないのだろうか。だとしたら、長く生きたいだとかは思っていないのかもしれない。

「昨夜はポルシェで来て、ここのホテルへお泊まりになったんですか?」

「いいえ。今朝、新幹線と電車とバスで来ました」

「ポルシェで来なかったんですね」

「売ってしまったんですよ、ポルシェ」

太郎の言ったことに対しスズキ氏が初めて、当惑気味の表情をした。

「……というと?」

「会社の資金繰りがショートしそうになりまして。やむなく、ポルシェを売ったんです」

「そうでしたか。とても残念です」

スズキ氏に気遣いの言葉をかけられ、太郎は小さく首を横に振る。そして数秒経ってから、ポルシェを売らざるを得なかったこと自体が残念なのではなく、ポルシェを売ってしまった自分という人間に対し残念と言われたような気もした。

そう感じると、たとえ会社の資金繰りが怪しくなっても、ポルシェを売らないで済んだ人生の選択肢が過去に遡って色々あったのではないかと思えてくる。だが、過去を通り過ぎ今を生きる太郎には、これまでの自分にどんな選択肢があったのかを、推し量ることはできない。やがて、耐久レースが始まった。

排水溝のフタが二センチほどせり上がっている場所で、太郎はいつものようにハンドルごと持ち上げ、車体前方を軽くジャンプさせる。ボコッという音を後ろへ聞き流した後、両脚の回転運動を再開した。

太郎は自転車で駅まで向かっていた。実家から最寄り駅まで、約五キロの道のりだ。両親がもう長らく乗らなくなっていたママチャリのうち、パンクしていなかったほうを少し整備し、かれこれ二ヶ月間、乗り続けている。

茨城県の実家から自転車と電車、徒歩を含めると、南青山の会社まで片道二時間近くかかる。往復四時間も通勤に時間を費やしてしまうわけだが、東京都内で暮らすための家賃や光熱費がまるまるすべて不要となるわけだから、その苦労を我慢するだけの価値はあった。恵比寿のマンションの家賃が一五万五〇〇〇円、駐車場代が八万円、水道光熱費やインターネットプロバイダー代で一万円ちょっと使っていたぶん、支出が一気に減った。

田畑の中に通っている一本道の車道を、朝の通勤時間だからか車がかなりの速度で通過してゆく。白いガードレールを隔てた歩道を自転車で走っている者どころか歩行者の姿もほとんどない。たまに、中高生らしい若者がヘルメットをかぶって自転車に乗っているのに出くわすくらいだ。

スーツの上着は会社に置きっ放しで、シャツとスラックスにベストを着た状態で、年末の寒さの中でも少し汗をかくくらいのスピードで太郎は走っている。毎日のように往復で一〇キロ走っているから、いい運動になり体重も減っていた。ジムも解約したわけだが、それまで払っていた月会費八〇〇〇円と体重も減った。たまに都内で飲んだ後に自転車に乗り帰ることもあったが、厳密には道交法違反だからと、酒を飲む機会も減った。ハマりかけていた煙草は、節約のため当然の如くやめている。出費を抑えるためにやったすべてのことは結果として、健康のためにもなっていた。

雨の日は、家にいる親のどちらかに車で駅まで送ってもらったりもした。その度に太郎は、学習塾やスイミングスクールへ送ってもらっていた小学生の頃の感覚を思いだしていた。

せっかく自転車に乗り続けているのだからと、一時はスポーツバイクを買うことも検討した。だが、一〇万円前後の出費が高く思えた。田畑の道が終わり、駅に近づいてきている。太郎のすぐ横の車道を、ペールトーンの緑色のビアンキのロードレーサーに乗った男が、ものすごい速さで追い越して行った。

月極の契約駐輪場に自転車を駐めると、ＪＲ常磐線に乗る。乗り換え駅までの一時間弱、七七〇円を追加で払いグリーン車で仕事したり身体を休めることもできるが、そんな贅沢は許されないと太郎は思っている。月に二〇日間も往復でグリーン車に乗り続ければそれだけで三万円は超え、定期券代と合わせると、都内郊外で安めの築古ワンルームを借りられてしまう。金のために変えた生活であるのだから、贅沢は駄目だ。

大きな出費を減らすことといえば、会社の引っ越しがある。南青山の地代は高く、都内のもっと安い場所へ早急に移したいところであったが、個人の住まいと異なり会社の引っ越しには金や手間がかなりかかるため、引っ越しだけで資金繰りがショートする恐れがあった。しかし会社の財務状況も少しずつではあるが回復してきており、そろそろ引っ越しの目処もたってきた。

太郎は長い通勤電車の中、いつものようにスマートフォンを手に取る。他の乗客たちも一緒だ。皆、なにを見ているのだろうか。中古車紹介のアプリを開いた。お気に入り登録している何台かの車を見ると、それはまだ「販売中」とある。

ポルシェ911カレラカブリオレの、シルバーだ。太郎が買い、そして売った店で今売りに出されている、認定中古車だった。販売価格は、乗り出しで一四二〇万円だ。一年二ヶ月前の、太郎が買ったときから、販売価格としては約八〇万円値下がりしている。というより、八〇万円しか値下がりしていないのが、意外でもあった。

もちろん、今ネット上でも売りに出されているこの登録初年度が同じシルバーの911カレラカブリオレが、太郎が乗っていたのとは異なる車であるということも考えられる。

一年間乗っていたのだから写真で判別できるだろうと、掲載されている十数枚の写真を検証した太郎だが、不思議なことに、自分が乗っていた車であったという確信はもてなかった。フルノーマルで傷もなく、掲載写真の画素が粗いからだろうか。これらを見る度にいつも、ポルシェは大量に作られる工業製品なのだと思わされた。

できれば、早くこのポルシェを買い戻したい。太郎はそう思っている。今度は、背伸びをしなくても買えるくらいに、経済的に本当に余裕が出てきたら買うつもりでいる。

いっぽうで、疑問に思っているところもある。歳を重ね、ポルシェを気負わずに買えるくらいの立場にまで出世したとき、自分はポルシェを買いたいと思っているのだろうか。興味や関心事だって、色々と変わっているかもしれない。自分がなにをどう思うかなど、見通せないものだと太郎は感じている。まるで車に興味などなかった自分が、ポルシェの魅力に取り憑かれたという経緯があるのだから、なおさらだ。

乗り換えのターミナル駅で降り、人混みを避けるため空いている反対側のホームを歩き階段へ向かっていた太郎は、後ろから突如衝撃を受けた。線路のほうへとつんのめり、ホームに入ってきていた電車に警笛を鳴らされ、すんでのところで身体を後ろに引く。電車が入ってきた風圧を、頭髪で感じるほどの距離だった。あと少し前に出ていたら、頭を鉄の塊で弾かれ死んでいた。

「おいっ！」

後ろから走ってぶつかってきた男に向かい太郎が叫ぶと、ベージュのロングTシャツにジーパンを着た男はちらと後ろの太郎を一瞥し、さっさと走り去った。周囲の人間数人から、太郎は目を向けられていた。怒鳴ったのは久しぶりだ。ネットワークに身を置いてしばらくして、自分が法の外側にいると勘違いしていた一時期以来だ。落としたスマートフォンを拾うと、ディスプレイの右上に、小さめの罅《ひび》が入っていた。

満員の地下鉄になんとか身を押し込むと、片手でつり革を握り、片手でスマートフォンをさわる。インスタグラムを開き、フォローしている人たちの投稿をスクロールで一通り眺めていった。すべての動作が機械的で、そこにはなんの好奇心もはたらいていない。誰がどんな色鮮やかな加工写真を投稿していようと、太郎にとってはなんの興味もひかれなかった。ただ他にやることがないからディスプレイ上で指を動かし、それに目を合わせているだけだ。それよりも、つけてしまったばかりの罅が気になる。かつてよく会っていた若い女性たちのように、スマートフォンのディスプレイ修理代も惜しむほど貧乏になったかのような気が太郎にはした。

特に深い意図もなく指が自動的に、自分の投稿ページを開く。自分が投稿した写真ですらどうでもいいと思えるほどだが、見る度にどうしても心動かされる写真もあった。ポルシェを手放す前夜、海老名SAで撮ってもらった自分とポルシェのツーショット写真が、それだった。ポルシェの右斜め前方から撮られた写真の運転席ドアに寄っかかるようにして立っている自分は、偶然にも上手い具合に腹の出っ張りが隠れ、前髪も分け目がなくうまく分散している。結婚式や遺影で使いたいと思えるほど、奇跡的に上手く撮れたデジタル写真だ。

その投稿には、他ユーザーたちによる七件の「いいね」がついていた。太郎が投稿した場合の平均的な「いいね」の数と同じだ。仕事繋がりの義理等でやたらとフォロワー数だけは多い割に、「いいね」の数は少ない。そして数少ない七件の「いいね」すら義理で押してもらっただけなのだとしたら、自分とポルシェのとっておきの輝かしい一瞬の画は、本当のところ誰からも見られていないことになる。

太郎は再びフォローしている人たちの投稿一覧を、タイムラインのかなり昔にまで遡って見ていった。このうちどの写真が、投稿した人たち自身が本当に〝見てほしい〟と願う写真なのだろうか。これはそうかもしれない、これは違うかもしれないと思いながら見てゆく太郎だったが、とてもすべては受け止めきれないと感じた。

停車駅で止まり、車内の人の流れにあわせ体勢を少し変えた際、男と目が合った。さきほど乗換駅のホームで、後ろからぶつかってきた男だ。太郎は反射的に目をそらしてしまったが、怒りと違和感を覚え、再び男へ目を向ける。男はなぜか、太郎から目をそらさない。満員電車の中、二メートルほど離れた場所にいながら目を向けてくるのは、明らかになんらかの意図をもっている。自分がぶつかってきたくせに逆恨みする気違いにあたってしまったか。普通じゃない奴だなと思ったとき太郎は、一時期とはいえ片足を突っ込んでしまった裏社会の、不穏な匂いを嗅いだように感じた。

満員の人混みの中で、男は少しずつ近づいてきているように見える。ナイフでも持っていたらどうしよう。スズキ・タロウ氏の話を、鵜呑みにしてはいけなかったのだろうか。ポルシェを売ったことを話した途端、残念です、と言ってきたあの顔が、太郎の中で妙にはっきりと甦る。俺は車好きのスズキ氏の前で、ポルシェを売ったという発言とともに、誤った選択肢を選んでしまったのだろうか。ひょっとしたらそれまでは、黒木に見逃してもらい、ギリギリで生かされていただけなのかもしれない。だがあそこで、判断を誤った。さすがにそれは、考えすぎか。

余裕があるのかないのかはわからないが、太郎は無性に、自分とポルシェの格好いいデジタル写真をもっとウェブ上にアップしておきたくなり、写真フォルダーをスクロールさせた。しかし色々な写真が目まぐるしく流れてゆくのが死ぬ前の走馬燈のように感じられ、ホームボタンを押し、スマートフォンをしまった。それにどうせ、自分が見てほしいと思う姿ほど、人からは見てもらえない。自分が思いもよらぬ姿を、人は見ている。そして相手が思いもよらぬ姿を、自分は見ていたりする。自分と相手の見ているところは違う。そこに、なんらかの勝機を見出せるはずだ。

青山一丁目駅で電車のドアが開くと、太郎はホームに出て駆けだし、乗ってきた電車がまだホーム沿いに走っている途中で後ろを見た。さっきの男はいなかった。

再び前を向いて歩き、階段を上り地上に出た。瞳孔が日光に慣れずまぶしく感じている間、片側三車線の道路上に目を向ける。すると、流線型のでっぷりとした尻が通り過ぎてゆくのを、太郎は見た。

羽田圭介　はだ・けいすけ
一九八五年、東京都生まれ。明治大学卒業。
二〇〇三年、『黒冷水』で第四〇回文藝賞を受賞し、十七歳でデビュー。
二〇一五年、『スクラップ・アンド・ビルド』で第一五三回芥川龍之介賞を受賞。
著書に『不思議の国のペニス』『走ル』『ミート・ザ・ビート』『御不浄バトル』
『「ワタクシハ」』『隠し事』『メタモルフォシス』『コンテクスト・オブ・ザ・デッド』
『成功者K』『5時過ぎランチ』などがある。

初出　『文藝』二〇一八年秋号・冬号

ポルシェ太郎

二〇一九年四月二〇日　初版印刷
二〇一九年四月三〇日　初版発行

著者　羽田圭介
発行者　小野寺優
発行所　株式会社河出書房新社
〒一五一‐〇〇五一　東京都渋谷区千駄ヶ谷二‐三二‐二
電話　〇三‐三四〇四‐一二〇一（営業）
〇三‐三四〇四‐八六一一（編集）
http://www.kawade.co.jp/
ブックデザイン　鈴木成一デザイン室
装画　山本直輝
組版　KAWADE DTP WORKS
印刷　株式会社暁印刷
製本　小髙製本工業株式会社

Printed in Japan　ISBN978-4-309-02793-7

羽田圭介の本

『成功者K』

ある朝目覚めると、
Kは有名人になっていた…
有名になった途端、
次々現れる美女たちの誘惑と、
主人公の蛮勇の行方は。

これは実話か
フィクションか!?

又吉直樹氏推薦